Je me suis probablement perdue

Titre original : *Ehtemâlan gom-shode-am*
© 2008, Nashre-Chesmeh Publishing House, Téhéran, Iran

© 2024, *des femmes*-Antoinette Fouque
pour la traduction et l'édition françaises
33-35 rue Jacob, 75006 Paris
www.desfemmes.fr

ISBN : 978-2-7210-1345-3
EAN : 9782721013453

Sara Salar

Je me suis probablement perdue

Traduit du farsi (Iran)
par **Sébastien Jallaud**

des femmes
Antoinette Fouque

1

La sonnerie du téléphone me transperce la tête. Je tends machinalement la main avant que mon cerveau n'aille se répandre sur les draps, je baisse le volume… ça tombe sur le répondeur… c'est Keyvan. Il veut savoir si je suis à la maison. Je ne décroche pas.

Ma tête est lourde, je comprends à quel point en la soulevant au-dessus de l'oreiller. Je regarde à travers une sorte de brouillard l'horloge posée sur la table. Il est dix heures, onze heures ou midi ? Quelle importance ? J'essaye de me remémorer ce qui s'est passé la veille au soir. Je revois Samyar dans ma tête et au même moment je réalise à quel point il importe de savoir s'il est dix heures, onze heures ou midi, de savoir depuis combien de temps il est levé, qu'est-ce qu'il a fait jusqu'à maintenant et qu'est-ce qu'il est en train de faire en ce moment même…

Je m'élance hors de la chambre en appuyant mes mains contre le mur… Samyar n'est pas dans sa chambre… mon cœur fait un bond… je fouille le salon… la cuisine… la salle de bains et les toilettes… il est nulle part… je m'assieds, le dos au mur des toilettes, et reprends mon souffle… puis, tout à coup ça me revient, je l'ai envoyé ce matin en taxi à la maternelle.

Comment ai-je pu l'oublier ? C'est pourtant moi qui m'étais réveillée, moi qui lui avais fait avaler son petit déjeuner, moi qui lui avais enlevé sa chemise de nuit, moi qui lui avais fait enfiler sa blouse et son pantalon, moi qui avais rangé le jus d'orange et les biscuits dans son sac, moi encore qui avais appelé l'agence de taxis en bas de la rue et leur avais demandé un chauffeur de confiance pour l'emmener à la maternelle. Faites que je ne sois pas devenue amnésique. Mais peut-on être amnésique au beau milieu de la trentaine ? J'allonge mes jambes contre le parquet et appuie ma tête aux carreaux de faïence gelés qui tapissent le mur... je me dis que je devais être assoupie... ou, non, peut-être que j'étais bien réveillée... je me suis revue dans cette cour carrée bordée de quatre petits bosquets...

Gandom remonte sa blouse...

Elle dit : « Je fais l'amour avec un esprit. »

Elle ment. Gandom est une rêvasseuse...

Elle tire la langue et dit : « C'est qui la rêveuse, moi ou toi ? »

Je me suis revue dans cette cour carrée au milieu de laquelle se trouve un grand bassin bleu...

J'entends le bruit que font les chaussures du père de Gandom sur les dalles de la cour. Son père est toujours là et n'est jamais présent...

Quand elle sourit une fossette se creuse dans chacune des deux joues de Gandom. Ces sourires m'exaspèrent...

Elle dit : « Tiens tête à ta mère, ne la laisse pas te traiter comme bon lui semble. »

Je réponds : « J'ai tenu tête à ma mère. »

Elle se lève et danse, à même la terre du jardin, sous le mûrier devenu immense comme une goule. Ses longs cheveux noirs se balançant de droite et de gauche. « Tu mens, peureuse ! » dit-elle.

Je réponds : « Ne me parle pas comme ça. »

Elle tourne sur elle-même en chantonnant : « Peu-reuse, peu-reuse... »

Les larmes me montent aux yeux, tout chez elle me donne envie de pleurer ; chez elle et chez sa grand-mère tirée à quatre épingles, cette vieille dame à la chevelure argentée, invariablement habillée d'une blouse, d'une jupe, de chaussettes noires et de chaussures à talons...

« Je ne veux plus être ton amie », dis-je.

Elle traverse la cour en se dirigeant vers sa chambre et répond : « Je m'en fous. »

Je lui emboîte le pas... elle n'est pas dans sa chambre... je passe dans la chambre mitoyenne... elle n'y est pas non plus... dans la chambre d'amis... non plus... j'entre dans la chambre de sa grand-mère... elle n'est pas là... je vais même jusqu'à entrer dans la chambre de son père... sans succès... je retourne dans la cour... mon cœur fait un bond, il n'y a plus de petits bosquets, il n'y a plus de mûriers, plus de grenadiers et d'oliviers de Bohême, il n'y a plus de bassin bleu au milieu de la cour ni de dalles sur le sol... j'inspire, il n'y a plus d'air, j'inspire, il n'y a plus d'air, j'inspire, il n'y a plus...

En ouvrant les yeux j'ai l'impression que le froid des carreaux de faïence gelés est descendu de ma tête jusque dans mon cou, de mon cou jusque dans mon ventre, et de mon ventre jusque dans mes jambes... je ramène mes cuisses entre mes bras. Après qu'elles se sont un peu réchauffées, je me relève en appuyant mes mains contre le mur. Je veux sortir des toilettes pour voir mon visage dans la glace. Je m'assieds sur la cuvette et cache mon visage dans mes mains. Les paroles de Samyar et son regard, ce matin, me reviennent en mémoire. Il voulait que je lui dise pourquoi le tour de mon œil était devenu comme ça.

Le psy me demanda : « Quand as-tu coupé les ponts avec Gandom ? »

Je répondis : « Il y a huit ans. »

Je vais dans la cuisine. Le contenu du réfrigérateur me paraît racorni et nauséabond. Je referme la porte avant d'avoir la nausée. J'ai envie d'une cigarette. Quelle plaisanterie… une cigarette en guise de petit déjeuner !… Gandom est de celles qui, en se réveillant le matin, n'aiment pas fumer avant d'avoir mangé… qu'est-ce qu'on en a à faire des goûts de Gandom ?… Je pose ma main sur mon estomac, on dirait qu'il veut me sortir par la bouche… cette fois-ci la sonnerie du téléphone me transperce le cœur. Je me précipite dans la chambre à coucher et arrive à baisser le volume juste avant que mes nerfs ne soient en charpie. Certaine que c'est de nouveau Keyvan, je ne réponds pas. Je le laisse tomber sur le répondeur. Alors même qu'il est en train de laisser un message, je décroche.

« Ça va ? » demande-t-il.

Qu'est-ce que ça peut te faire, ai-je envie de lui dire.

Je réponds « Ça va. »

« Comment va Samyar ? »

Qu'est-ce que ça peut te faire, ai-je envie de lui dire à nouveau.

Je réponds « Il est à la maternelle. Je m'apprête à sortir pour aller le chercher. »

Il dit : « Appelle-moi si tu as besoin de quelque chose. Fais attention à toi. »

Je ne peux pas m'empêcher de rire… fais attention à toi… c'est ce que Mansur m'a dit hier : fais attention à toi.

Je m'étale sur le lit, la lampe au plafond est encore allumée. Quand Keyvan est à la maison, on ne peut pas la laisser allumée pendant la nuit. Il dit que, le jour, le corps a besoin de lumière et que, la nuit, il a besoin d'obscurité. C'est pour cela que la nuit la chambre doit être dans le noir... pourquoi n'ai-je jamais dit à Keyvan que j'ai peur de dormir dans le noir... mais enfin, comment est-il possible qu'une fille de ton âge ait peur de dormir dans le noir ? Comment est-il possible qu'une fille de ton âge ait peur des lézards... cette fois-ci, la sonnette de la porte me... serait-ce monsieur Reza ?... Ou bien peut-être madame Ne'mati... l'idée que ce puisse être Mansur me donne la chair de poule... jamais Mansur ne viendrait à la maison tête baissée sans prévenir. Je n'ai pas la moindre envie de voir qui que ce soit, même pour une minute, même pour la moitié d'une minute, même... la porte de l'immeuble a dû rester ouverte... je passe la main dans mes cheveux en désordre et, sans m'arranger, me dirige vers la porte. Je regarde à travers l'œil-de-bœuf avant d'ouvrir. C'est madame Botul. Je ne sais pas si je dois ouvrir ou non... j'ouvre... je baisse la tête autant que possible afin qu'elle ne distingue pas mon visage. Comme à l'accoutumée, madame Botul fait glisser le tchador de sa tête et le suspend au porte-manteau qui se trouve derrière la porte.

Je demande : « On est quel jour aujourd'hui ? »

Tout en enlevant ses chaussures et ses chaussettes, elle me répond : « Bah, dimanche[1]. »

Ne lui avais-je pas spécifié de ne pas venir ce dimanche... j'ai envie de le lui demander. Si elle est venue, c'est probablement que je ne lui ai rien dit... elle fourre ses bas noirs dans ses chaussures bistre, pose le tout à côté du range-chaussures et en extrait une paire de chaussons qu'elle met à ses pieds. Pour la énième fois elle ressemble à une peluche affublée d'une

[1] Le dimanche est le premier jour de la semaine dans le calendrier persan. [Toutes les notes sont du traducteur.]

9

jupe et d'une blouse. La jacasserie va commencer. Pour elle, que je sois dans le salon, dans les chambres, dans la salle de bains, ou aux toilettes, n'y change absolument rien. Comme si ses paroles s'adressaient à l'air ambiant. Parfois je l'imagine continuant de bavarder à tue-tête en mon absence.

Elle dit : « Déjà, à l'époque où l'essence n'était pas rationnée[2], les taxis se faisaient rares, alors maintenant n'en parlons pas… »

Arrivée à la porte de la cuisine, elle jette un œil aux empilements de vaisselle et aux poubelles qui débordent de déchets.

« Vous vous me connaissez, même mourante, jamais on ne me ferait monter dans la voiture d'un inconnu à moins que ce ne soit un vrai taxi… »

Je vais dans ma chambre. Aujourd'hui, la voix de madame Botul me griffe le visage comme un chat de gouttière. C'est même pire, maintenant que sa voix se double du tintement de la vaisselle qu'elle est en train d'astiquer dans l'évier. Je distingue mal ce qu'elle dit, pourtant, j'ai la certitude qu'elle raconte des choses qui se sont produites la veille, ou les jours antérieurs, dans son quartier : le voisin qui a violé l'enfant de sept ou huit ans de l'étage au-dessus, le père qui a étranglé son fils, la femme qui a assassiné son mari, la fille qui a fugué de chez elle, la mère que son fils a… je sors l'argent de mon sac et quitte la chambre. Le problème n'est pas seulement le tintamarre que fait madame Botul, le problème est que je ne veux pas que l'on range cette maison, je ne veux pas que l'on aille mettre à leur place les babioles éparpillées à droite et à gauche sur les tables.

---

[2] Le rationnement de l'essence a été décrété sous la présidence de Mahmud Ahmadinejad. Chaque citoyen possède une carte lui garantissant un tarif préférentiel jusqu'à soixante litres par mois. Au-delà de cette quantité le prix au litre double.

Dans la cuisine, madame Botul est en train de dire : « La cherté de la vie, la cherté de la vie, madame, savez-vous ce que la cherté de la vie a fait aux gens ?... »

« Madame Botul, je n'ai pas besoin de vous aujourd'hui, voilà votre argent. »

Elle me regarde stupéfaite, puis elle dit : « Je préférerais autant mourir madame. Mais qu'est-ce qui est arrivé à votre œil ? »

Je me souviens au même instant que je n'ai pas maquillé mes yeux. Il ne manquait plus que ça... je me dirige vers la chambre à coucher. « Si j'ai besoin de vous dimanche prochain, je vous passerai un coup de téléphone. »

Elle répond : « Bien madame... »

« Claquez bien la porte derrière vous. »

Comme c'est étrange ! Voilà qu'après tout ce temps, je me sens libérée du sentiment de devoir fournir des explications aux autres... c'est drôle, je me suis libérée du sentiment de devoir fournir des explications à madame Botul, je me suis délivrée, je me... j'entends la porte qui claque... si je n'étais pas obligée d'aller chercher Samyar je passerais sans aucun doute le reste de la journée allongée à la maison... Gandom disait qu'il aurait dû exister un doctorat pour l'art de rester à l'horizontale et de faire en méditant le deuil des heures qui s'écoulent... Gandom, va te faire voir Gandom...

Je m'assieds devant ma coiffeuse. Le tour de mon œil est trop bleu pour être aisément dissimulable. Je me maquille à la hâte... enfile ma tunique et mon pantalon... coiffe mon voile... je prends mon sac, mon téléphone, mes lunettes, ma bouteille d'eau et sors de la maison d'un pas pressé... après m'être arrêtée quelques secondes en haut des escaliers, je dévale les dix étages en courant... une fois en bas, pareille à un veau dont on vient de trancher la jugulaire, je suffoque en anhélant. Je m'assieds contre le mur et reprends mon souffle… je me rappelle Gandom qui toujours montait et descendait en courant les escaliers du dortoir. Aux dires de madame Hakimi, jamais elle n'aurait pu monter et descendre les escaliers comme les autres enfants.

Une fois ma respiration redevenue normale, je gagne la cour… le mois de septembre et ses odeurs m'ont toujours mis la boule au ventre ; pourtant, cette année, c'est différent, ils me retournent carrément l'estomac. Dans le jardin, je piétine les feuilles jaunes, rouges et brunes et m'efforce de percevoir le bruit de leur froissement… j'ai de nouveau envie de fumer ; mais je sais que si j'avais une cigarette et que je la fumais, je vomirais immédiatement sur les feuilles mortes.

Le psy demanda : « Quand as-tu rencontré Gandom ? »
Je répondis : « Durant la première année du lycée. »

Je gagne rapidement le parking, de crainte de croiser quelqu'un dans la cour. La voiture n'est pas là. Mon cœur fait un bond… je réfléchis durant quelques instants et me souviens que je n'ai pas rentré la voiture hier soir. Lorsque Keyvan est à la maison, on ne peut jamais laisser la voiture dans la rue, même pour une seule nuit.

Je m'assieds derrière le volant… attache ma ceinture… baisse la vitre… dévisse le couvercle de la bouteille d'eau et bois d'un seul trait la moitié de son contenu… j'allume la radio et je démarre.

L'animateur d'un programme quelconque dit : « Sois heureux pour ne pas être envieux, sois heureux pour avoir l'âme en paix, l'âme n'éprouve la vie que dans le malheur… »

Arrivée au carrefour de Parkway, je prends l'autoroute Modaress… pourquoi cette saison me rend-elle folle ? Je me sens comme lorsque j'avais quatorze ans ; comme à cette époque où je venais à peine… mais que s'est-il passé ce jour-là, au lycée, pour qu'au beau milieu de toutes ces filles l'une d'entre elles me dévisage en souriant ?… Ça n'a aucun sens !… De toute ma vie jamais je n'ai vu une chose pareille. Au beau milieu de toutes ces filles il y en avait une qui me regardait en souriant. Je tournai la tête vers les classes cireuses de l'autre côté de la cour afin de ne plus avoir ces filles sous les yeux. La moitié de mes cheveux se dressèrent. Combien de temps dura cette sensation ?… deux mois ?… trois mois ? Pourvu que je ne sois pas malade, pensais-je, pourvu que je n'aie pas le cancer, que je ne sois pas en train de mourir ?… Il ne faut pas que je la regarde, pensai-je, il ne faut pas que je la regarde… je tournai les yeux vers elle et aperçus la même fille, avec le même regard et le même sourire, qui s'approchait de moi. Elle venait tout droit dans ma direction. Je me retournai, il n'y avait personne. Non, il n'y avait que moi, moi et moi seule, au fond de cette cour sèche et desséchée.

« N'est-ce pas étrange que nous nous ressemblions autant ? » dit-elle.

Un énorme panneau publicitaire se dresse au-dessus de l'autoroute. Un mixeur débordant de fraises et de kiwis triturés, deux grosses fraises juteuses, Moulinex, toujours…

Je veux prendre l'autoroute Sadr depuis celle de Modaress, à nouveau des embouteillages… mon Dieu, pourvu que je ne sois pas obligée de m'arrêter sous le pont…

L'animateur radio déclame : un rameau de fleurs, un large sourire, une ville pleine de lumière, dans tes mains une claire image de toi pleine de tendresse et pleine de confiance…

Mince, je suis obligée de m'arrêter. Qu'ils aillent tous se faire pendre. Je regarde les tiges de fer sous le pont, tout ce béton et ce bric-à-brac, et à nouveau je ne peux m'empêcher de penser que si un tremblement de terre se produisait à cet instant, il ne fait aucun doute que le pont... au même moment je réalise qu'il ne s'agit pas que du pont, mais aussi des voitures qui sont dessus. Inconsciemment je me mets à débiter : « *Bismillah al-rahman al-rahim, allah la ilaha illallah...* »

Après avoir dépassé le pont, j'interromps ma récitation de l'*Ayat Al-Kursi* et reprends mon souffle... de toutes les choses apprises durant mon enfance, je n'ai mémorisé que l'*Ayat Al-Kursi*.

Le psy demanda : « Où vous êtes-vous rencontrées ? »
Je répondis : « Au lycée, à Zahedan... »
Ce fut ridicule, quelques minutes passèrent sans que je puisse me rappeler le nom du lycée.

Alors, comme ça, nous nous ressemblons ?... Je n'avais jamais rien entendu de plus drôle. Comment pouvais-je ressembler à cette fille aux yeux noirs resplendissants, à la peau lisse et hâlée, aux cheveux drus qui s'échappaient des quatre coins de son voile, et dont le sourire creusait une fossette dans chacune de ses joues... elle me tendit la main... sa main avait l'air d'un fer à repasser... je me demandai si toutes les mains étaient aussi brûlantes ou si ce n'était vrai que de celle-ci.

« Je m'appelle Gandom. Et toi ? »
Mon nom ?... Je voulais lui dire mon nom, mais c'était comme si on m'avait tranché la langue. De telles fossettes auraient pu faire perdre la tête à plus d'une... avait-elle entendu ma voix lorsque j'avais essayé d'articuler mon nom ?

Je monte l'avenue Pasha en direction du quartier de Kameranieh et, à nouveau, la vue de tous ces gratte-ciels alignés dans une rue aussi étroite me donne la chair de poule. On ne peut s'en remettre à aucun d'eux. On les dirait suspendus entre ciel et terre, susceptibles au moindre choc de s'effondrer comme des colonnes liquides… je m'empare de ma bouteille d'eau et y bois une autre gorgée… mon cerveau est proche de l'explosion. Il était convenu que je ne penserais plus jamais à Gandom et voilà que… cela fait combien de temps maintenant ?… Gandom en rêve, Gandom en pensée… je ne veux pas penser à Gandom, je ne veux pas penser à une chose qui est finie…

Deux grandes télévisions, dans la première on aperçoit un paysage verdoyant où un cerf se tient calme et immobile, ses grands yeux noirs fixant le vide, dans la seconde, un guépard aux yeux sauvages, la bouche ouverte, une langue rouge sang et les crocs à découvert, s'apprête à bondir hors de la télévision en rugissant, Hitachi, vingt-quatre mois de garantie, installation gratuite…

Mon téléphone vibre dans ma poche… je regarde… je ne décroche pas… je sais que, comme chaque fois où Keyvan est absent, Mansur est sur mes trousses afin de me resservir les mêmes salades. Me dire à quel point il est triste que je m'inflige un tel sort, me dire que je suis la plus belle femme qu'il ait jamais vue, me dire qu'il suffit que je lui en donne l'ordre pour qu'il vienne immédiatement me chercher et que nous allions dîner ensemble à tel ou tel restaurant… quel salaud… parfois, je me dégoûte en constatant que je prends plaisir aux choses qu'il me dit… feu rouge, je regarde le kiosque du vendeur de journaux et à nouveau la même idée me taraude… bondir hors de la voiture et demander le dernier numéro du mensuel…

Le psy dit : « Tu parlais de Farid Rahdar. »

En voilà un de plus qui avait fixé son attention sur Farid Rahdar. Je ne savais pas ce qu'il voulait que je lui raconte de plus le concernant.

Le présentateur du journal dit : alléguant que les activités atomiques de l'Iran sont trop floues, les États-Unis sont d'avis qu'il faut décréter de nouvelles sanctions contre la République islamique…

Le garçon dans la Peugeot en face de moi baisse sa vitre et a l'air de dire quelque chose à la jeune fille dans la Peugeot d'à côté. Elle lui fait un doigt d'honneur. Le garçon s'esclaffe. Peu importe si les femmes sont maintenant suffisamment à l'aise pour faire des doigts et si les hommes le sont suffisamment pour s'amuser de leur réaction… je me dis, vraiment ? Peu importe ?… Le garçon a les cheveux longs noués derrière la tête. Je me dis que les hommes laissant pousser leurs cheveux sont devenus monnaie courante ces derniers temps. Avant, personne n'osait faire ce genre de choses, à cause des rafles…. personne sauf… oh ! Qu'est-ce que le passage de Farid Rahdar dans la cour de l'université me mettait mal à l'aise. C'était exactement comme s'il affirmait « moi j'existe, et personne d'autre », comme s'il affirmait « le monde que vous voyez tourne uniquement et exclusivement autour de moi ». Hammal disait que toutes les filles de l'université étaient amoureuses de lui, et à cette époque je voyais moi-même comment, autour de Gandom…

Gandom dit : « Si seulement on était dans la même classe. »

Je songeai que tout cela était peut-être un jeu, ou une fantaisie.

Elle dit : « Ta main est brûlante. »

J'avais envie de répondre, non, ma main n'est pas brûlante, c'est la tienne qui l'est. Je retirai ma main de la sienne… ma main se rafraîchit… ma main se refroidit… ma main gela… si seulement cette fille pouvait s'occuper de ses affaires, pensai-je… la directrice appela les noms, le mien était dans la classe numéro un. Sans dire mot je m'avançai et partis voir quel sorte de merdier était la classe numéro un… surtout, me répétai-je, il ne faut pas que je regarde derrière moi. Je m'arrêtai… je craignais que si je regardais derrière moi, Gandom n'y serait plus… je regardai, elle se tenait au même endroit, toute seule, au coin de cette cour sèche et desséchée.

Un homme d'allure sportive, assis dans une baignoire vide, est occupé à ramer, le loisir de rêver, baignoire jacuzzi SciTech…

Je dois accélérer si je veux arriver à la maternelle avant toutes ces mamans mielleuses et hypocrites, avant d'être obligée de faire des politesses stupides à tout va – je récupère Samyar et je me sauve. Tout me paraît insupportable aujourd'hui, hormis Darband. Ou bien peut-être que non, peut-être que Darband aussi sera insupportable… je m'y suis habituée, depuis que Samyar et moi y allons deux ou trois fois par semaine, que nous nous y baladons, y déjeunons… l'habitude… tant de choses auxquelles je me suis habituée au cours de ma vie… c'est certainement pour cette raison que le souvenir de Gandom est revenu me hanter, afin de jouer simultanément le rôle de mère et celui de sœur, pour me dire « tu vois bien que tout ce que je t'avais dit était vrai », pour me dire « je t'avais bien dit que jamais tu ne t'en sortirais dans l'existence », pour me dire… je crache intérieurement toutes les injures que je connais vers Gandom et ses ancêtres… si seulement l'on pouvait avaler le passé au gré d'une respiration profonde et le digérer pour toujours, pensé-je…

Un téléphone portable dans lequel apparaît un individu semblable à un personnage de contes et de légendes, du feu sort de sa bouche. Raconter des histoires à la façon d'aujourd'hui, Nokia…

J'enlève mes lunettes de soleil devant la porte de la maternelle et examine mon œil dans le rétroviseur. Le fard violet que j'ai appliqué autour de la paupière a fait ressortir le bleu à nouveau. Je range la bouteille dans mon sac, puis, avant de descendre, je remets les lunettes et baisse les longues manches de la blouse que je porte sous mon manteau de façon à couvrir entièrement les bleus sur mes poignets et mes avant-bras.

M'apercevant de loin, le concierge sonne et annonce qu'on vient chercher Samyar. Parfois, je meurs de savoir comment on s'occupait de moi lorsque j'avais son âge. La seule chose que j'aie gardée de cette époque est une photo défraîchie en noir et blanc où mon père est assis dans un complet à rayures avec une jambe (la gauche il me semble) si résolument croisée sur la jambe droite que l'on dirait qu'il n'a pas à un seul instant l'intention de mourir ; à ses côtés, ma mère, bien en chair, dans une chemise bouffante, tient dans chaque bras, face à l'objectif, Orash et Orman enveloppés dans leurs langes ; et là, debout au milieu, ressemblant comme deux gouttes d'eau à Samyar, il y a moi, affublée d'une chemise de guipure courte, les cheveux noirs découverts et arborant un sourire dont j'ignore s'il résultait d'une joie réelle ou si je ne l'avais fait que pour la photo.

Je répondis à Gandom que mon père était un propriétaire terrien… en classe, j'étais assise sur le banc du fond… pourquoi toujours sur le banc du fond ?… Je regardais la porte de la salle et me demandais si la directrice allait appeler le nom de Gandom dans la même classe ?… Tant mieux si elle n'est pas avec moi, tant mieux si je peux rester toute seule comme au primaire et au collège.

« La place est libre ? » demanda Gandom.

Je la regardai. Quand était-elle entrée dans la salle ?

Samyar passe la porte de la maternelle en courant. Comme tous les autres jours il veut jouer avec mon téléphone et refuse de monter dans la voiture. Je le prends dans mes bras et le jette comme un chaton sur la banquette, puis je démarre. Il est assis à l'arrière, silencieux et boudeur. Il sait qu'il doit ne rien dire et ne rien faire. Aujourd'hui est un autre de ces jours où maman est énervée, impatiente, irritable. Il sait qu'il doit attendre que cela passe et que maman redevienne gentille...

L'animateur radio dit : « D'après les statistiques officielles, il y a un million quatre cent mille consommateurs de drogues et, d'après les statistiques officieuses, quatre millions de consommateurs de drogues dans l'ensemble du pays... »

Je dis au psy : « Je ne sais pas si je suis une bonne mère ou non. Lorsque je pense à lui je m'énerve. »

Je n'éteins pas mon téléphone. Je voudrais que quelqu'un m'appelle, même si ce devait être Mansur, le nouveau riche. Samyar s'est recroquevillé dans le coin de la banquette et regarde par la fenêtre distraitement. Aujourd'hui est un autre de ces jours où me manque tout à fait la patience de me rabibocher avec Samyar.

Le psy demanda : « Tu le bats ? »
Je répondis : « Jamais, mais lorsque je me mets en colère je lui crie tellement dessus qu'il reste tétanisé. »

Un enfant, le torse et la tête posés sur un lave-vaisselle, l'air endormi. Une vie de confort avec le lave-vaisselle Magic.

Le psy demanda : « Tu lui cries dessus fréquemment ? »
Je répondis : « Ça dépend. Parfois durant un mois entier je suis gentille, si gentille que j'ai moi-même du mal à y croire, mais d'autres fois je lui crie dessus une fois tous les quelques

jours, parfois une fois par jour, voire même deux ou trois fois par jour. »

Le psy ne dit rien. Il se contenta de baisser la tête et d'inscrire quelque chose sur les feuilles posées devant lui, lesquelles constituent mon soi-disant « dossier ».

Je demandai : « En fin de compte, je n'ai pas compris, suis-je une bonne mère ou non ? »

Il dit : « D'une certaine façon, oui. »

L'imbécile avait dû se dire « Qu'est-ce que j'en sais moi ? » Y a-t-il une chose en ce monde à propos de laquelle on ne puisse affirmer « d'une certaine façon, oui »… Elle est de moi ou de Gandom, cette phrase ?… Loin de moi l'envie de constater que, huit ans après, je suis encore en train de répéter les phrases de Gandom. Mais n'était-ce pas moi qui lui avais tenu tête et lui avais dit que je ne voulais franchement plus la revoir jusqu'à la fin de mes jours ?

Gandom demanda : « La place est libre ? »

Je me poussai sur le côté. Elle s'assit à côté de moi. On aurait dit qu'elle sentait le jasmin, ou peut-être le citron encore vert, ou l'orange et la grenade.

Je dis : « Moi mon père était propriétaire terrien. »

Elle baissa les yeux vers mes chaussures. Je ne savais pas où cacher mes pieds. J'avais honte d'être à ce point incapable de me contrôler, et le pire est qu'au même moment je savais que j'étais comme ça. Cela faisait à peine quelques minutes qu'elle était arrivée et qu'elle s'était assise à côté de moi, et moi, tout ce que j'avais trouvé à lui dire était que mon père… je regarde l'écran de mon téléphone, s'y affiche le nom de Mansur, je suis heureuse qu'il insiste mais, en même temps, savoir que cela me rend heureuse m'est extrêmement pénible. Je tourne autour d'un rond-point dont j'ignore le nom. En voyant l'affreuse maquette qui trône au milieu je me dis : bon sang, pourquoi donc est-ce que les gens n'ont pas un peu plus de sens esthétique... on dirait que cette phrase aussi est de Gandom... je prends l'avenue Yasser et monte en direction de Darband. Mes phrases à moi... quelles sont les phrases qui sont à moi ?...

Le psy dit : « Tu ne dois pas penser autant au passé. »

Tu ne dois pas, tu ne dois pas... il avait pourtant conscience que je me dirigeais petit à petit vers ce résultat... les psys... pour eux il n'y a que deux cas de figure, soit les gens ne savent rien, soit ils savent ce qu'il se passe et alors ils doivent régler leurs problèmes tout seuls. Par exemple : si tu sais que tu ne dois pas penser autant au passé, alors n'y pense plus, et si tu ne sais pas que tu ne dois pas autant y penser, sache-le et n'y pense plus. Rien de plus facile. Il n'y a personne pour aller dire : Monsieur, je pense au passé et je sais que je ne dois pas y penser, mais j'y pense quand même.

Gandom dit : « Tu as de belles chaussures. Il n'y a pas un seul cordonnier comme il faut dans cette ville. Où les as-tu achetées ? »

J'avais envie de lui répondre que, moi, je n'étais encore jamais allée dans une autre ville.

« Tu dois m'accompagner la prochaine fois que je veux acheter des chaussures », dit-elle.

« Tu dois m'accompagner », était-ce un souhait ou un ordre ? me demandai-je... Quelle importance cela avait-il ? Ce qui comptait était que quelqu'un ait vu mes chaussures. Faites qu'elle ne soit pas en train de se moquer de moi, pensai-je. Je regardai mes chaussures, envahie par le doute.

Elle ajouta : « Je parlais sérieusement, je ne me moque pas de toi. »

Le psy dit : « Tu ne dois pas penser autant au passé. »
« J'ai l'impression d'avoir oublié quelque chose quelque part dans le passé », répondis-je.

2

Il est facile, le midi, de trouver une place où se garer à Darband. En reculant, j'ai une envie folle de me cogner à la voiture de derrière… je stationne comme une enfant, je descends comme une enfant, j'ouvre la porte arrière comme une enfant… À peine Samyar a-t-il posé le pied dehors et aperçu les échoppes d'en face qu'il demande des confiseries. Au moins les enfants se chargent des réconciliations tout seuls. Je lui réponds que je lui en achèterai à condition qu'il les mange après le déjeuner. Il accepte.

J'achète des chocolats et des pastilles, puis les fourre dans son sac à dos que je remets sur ses épaules. Comme d'habitude, il ramasse un long bout de bois et part devant. Il marche en frappant avec son bâton la montagne, les arbres, l'eau et toutes les autres choses qui apparaissent sur son chemin… je me concentre et prête l'oreille au bruit de la rivière et au son des oiseaux qui chantent à tue-tête dans la montagne. Je ne veux penser à rien d'autre, je veux seulement entendre et sentir, entendre et…

Je dis à Gandom : « Ce Farid est une de ces ordures… »

Elle répond : « Si un écrivain n'était pas une ordure il ne ferait rien qui vaille. »

Et voilà que ce cher Farid Rahdar, avec seulement un recueil de nouvelles et deux ou trois articles, est maintenant « un écrivain »… les rires qui émanent des groupes défilant à côté de moi sont comme de fines et longues aiguilles sifflant dans l'atmosphère… je me dis : qu'est-ce que ça peut faire qu'aujourd'hui filles et garçons puissent marcher ensemble sans crainte, bavarder sans crainte, se prendre la main sans crainte, aller sans crainte déjeuner, boire un thé ou manger des pâtisseries au restaurant et au café…

Le psy demanda étonné : « Tu veux dire qu'ils vous ont arrêtés tous les trois ? »

Je mourais de peur, je vomissais de peur, mon cœur, ce cœur de mère merdique était en train de se… je dis : Dieu m'est témoin, je ne suis bonne à rien, je suis une moins que rien, je suis une incapable. J'affirmai que tout ça était la faute de Gandom, de cette satanée Gandom qui…

Je tire la bouteille de mon sac et y bois une gorgée d'eau… je ne dois pas penser à Gandom, ni à sa grand-mère, ni à son père, ni à cette cour, ni à… tous les quelques mètres Samyar s'arrête pour voir de près un insecte, une feuille ou un caillou. Je me dis qu'il y a longtemps que je n'ai pas regardé de près un insecte, une feuille ou un caillou. Je m'approche et examine attentivement l'une des choses que Samyar a examinées. Ce n'est rien de spécial ; une araignée boiteuse aux jambes effilées, une malheureuse araignée que la moindre pression pourrait…

Le psy dit : « À propos de Farid Rahdar vous… »

J'espère que le temps n'est pas en train de se couvrir ou qu'il ne va pas bruiner. Les nuages et la bruine seraient le coup de grâce. Je m'assieds là, par terre, au beau milieu de la montagne, et je crie que je veux cette cour, je veux une fois encore traverser les frais couloirs de torchis et poser le pied dans cette cour avec la soudaine impression d'avoir déjà vu cet endroit auparavant…

Je veux que Gandom me prenne par la main et me conduise jusqu'à la vieille dame aux cheveux argentés, habillée d'une blouse et d'une jupe noires, de chaussettes noires, de chaussures à talons noires, fumant assise sur une chaise au bord du bassin bleu et expirant avec placidité la fumée de sa cigarette…

Je veux que Gandom décoche l'un de ses satanés sourires et dise : « Madame, n'est-ce pas vrai qu'on se ressemble ? »

Je veux que sa grand-mère me regarde exactement de la même façon, quelque part entre la gentillesse et la pitié. Je veux baisser les yeux et me demander depuis combien de temps est-ce que je me couvre de cet épais tchador noir…

Je dis au psy : « Depuis le jour où, en CM1 ou CM2, j'ai entendu dire que si une femme laisse un homme haram voir un seul de ses cheveux, c'est à ce même cheveu qu'on la pendra en enfer… »

Le téléphone vibre dans ma poche… c'est Mansur. Tout à coup je me demande s'il ne vaut pas mieux être en compagnie d'un abruti plutôt que toute seule. Je décroche.

« Bonjour ma déesse, alors, tu ne réponds pas ? »

J'ai la nausée dès qu'il ouvre la bouche…. bonjour ma déesse… quelle idiote je fais de croire qu'il vaut mieux être avec un abruti plutôt que seule. Maintenant je ne sais pas si je dois tout de go le remettre à sa place ou transiger et ne rien faire qui…

« Où es-tu ? » demande-t-il.

Je réponds : « Pardon ? Ça a coupé. »

Il crie : « Où es-tu ? »

« Je t'entends mal. »

Il dit : « Je te rappelle. »

Cet intervalle d'une ou deux minutes me permettra peut-être de trouver mes mots… ça ne suffit pas… je ne décroche pas… je me concentre sur le bruit de l'eau…

Je veux que la grand-mère de Gandom pose sur elle son regard mielleux, comme si elle avait devant elle la plus précieuse créature au monde, et qu'elle lui dise de sa grosse voix : « Halima vous servira le déjeuner dans la cuisine. »

Je veux sentir l'odeur du *ghorme-sabzi* emplir la cuisine et me dire : mon Dieu, tant d'étagères, tant de plats de marinades et de confitures, tant de couleurs et d'odeurs, l'odeur de la nourriture qui vient d'être préparée…

Je veux qu'en posant les yeux sur Gandom et moi, Halima frotte ses grosses lèvres plates l'une contre l'autre et dise : « Tu as finalement trouvé une amie ? »

Énervée, je dis à Samyar de ne pas autant s'éloigner de moi. Il ralentit. Un peu plus et nous serons arrivés au même restaurant que d'habitude… ne suis-je donc toujours pas capable de regarder les gens autour de moi sans avoir peur ?… Peut-être que j'en suis capable… prenons par exemple ce monsieur élégant d'une cinquantaine d'années qui descend les marches d'un pas ample et résolu, peut-être serai-je capable de le regarder à loisir, sans nullement m'inquiéter de ce qu'il pensera … j'enlève mes lunettes et le regarde… nous nous rapprochons… je le regarde… plus proches encore… je baisse la tête et cesse de le regarder… je vois ses jambes passer à côté de moi… je chausse mes lunettes et me dis : un point pour Gandom.

Je veux me demander si c'est à moi que parle Halima, si c'est à moi ou à Gandom qu'elle est en train de dire « Tu as finalement trouvé une amie ? » Mais pourquoi diable me le dirait-elle à moi, sachant qu'elle ne me connaît ni d'Ève ni d'Adam…

Rendue folle par l'odeur du *ghorme-sabzi*, je veux une fois encore dire à Gandom : « Je dois partir. »

Je veux que Gandom ne m'en demande pas la raison, comme si elle savait que Orash et Orman sont en train de revenir de l'école et que je dois aller leur préparer à déjeuner. Peut-être aussi qu'elle n'en sait rien, peut-être sait-elle seulement que lorsqu'on dit qu'on doit partir, cela veut dire qu'on doit partir…

Je veux que Gandom fronce ses sourcils clairsemés et dise : « Quand reviendras-tu ? »

Je veux rester interdite, immobile, et me demander si cela signifie qu'on me laissera revenir dans cette maison…

Je veux sourire et, au même moment, me dire que moi aussi alors, lorsque je souris, je suis belle comme Gandom, mais je me réponds immédiatement que c'est impossible…

Je veux que Gandom dise : « Pars et reviens tout à l'heure. »

En sortant de cette cuisine, je veux que tout à coup…

Je dis au psy : « La distance, le souvenir de ces années, le fait que jamais plus je ne pourrai être lycéenne, que jamais plus je ne pourrai entrer dans cette maison, tout cela est extrêmement éprouvant… »

J'ignore pourquoi ces derniers jours Darband a l'air tout aussi désemparé que moi. Les restaurants couleur moutarde qui s'échelonnent à flanc de montagne comme les étages d'un gâteau, avec leurs créneaux laiteux, leurs tables et leurs chaises chocolat, leurs lampions rouges, verts, jaunes et orangés, allumés même en plein jour, et entourés de banquettes, de samovars et de narguilés… comme si l'on avait mélangé un bric-à-brac de nouveautés à un bric-à-brac de vieilleries… je lève les bras et lance mes poings contre l'air en disant à haute voix « cette phrase-là est bien la mienne », mais à peine quelques passants se mettent-ils à m'observer que je me dis qu'en fait ce geste n'est pas le mien et par suite je me sens obligée de douter aussi de la phrase… il faut que je réfléchisse un peu… je cogne fermement mes bottes à la montagne, penser sans pensées, à partir de cet instant, à partir de cet instant précis, je ne penserai plus aux mots, ni aux phrases, ni aux gestes, ni à moi, ni à Gandom, ni à ces vilaines marques qui sont apparues sur le devant de mes bottes…

Une fois dans la cour du restaurant nous nous dirigeons à notre table habituelle, au milieu des arbres, au bord de la rivière. L'avantage de cet endroit est que l'on peut voir sans être vus. Je commande un *chelo-kabab-e barg* pour nous deux. Samyar s'occupe en déambulant dans la cour tant que la nourriture n'est pas servie. Il s'arrête au bord de la rivière, regarde la surface de l'eau puis il tourne son regard vers moi. Il s'assure que j'ai la tête ailleurs pour pouvoir mettre ses chaussures dans l'eau… il les met… je ne décroche pas mon téléphone… je pose mes coudes sur la table et prends ma tête dans mes mains. Quelque chose remue dans mon estomac… j'étais en train de sortir de la cuisine lorsque j'aperçus tout à coup un homme bien bâti, vêtu d'une blouse et d'un pantalon évasé à la blancheur éblouissante, coiffé d'une épaisse et noire chevelure, et dont la peau était hâlée comme celle de Gandom. J'eus l'impression que j'étais tombée face contre terre, un sang rouge et brûlant inondant mon visage, j'eus l'impression que je me noyais, mes yeux, mes oreilles, mes narines et ma bouche se remplissant d'eau, j'eus l'impression que mes genoux fléchissaient et allaient me prosterner devant cet homme.

Gandom dit : « Papa, regarde-la bien, c'est fou comme on se ressemble, non ? »

Le père de Gandom me sourit et au même moment j'eus la sensation que j'étais une créature pécheresse, la plus mauvaise fille au monde.

Gandom demanda : « Alors, c'est pas vrai qu'on se ressemble ? »

Le père de Gandom se pencha, prit la main de Gandom et l'embrassa. Je sentis ma tête s'incliner, si bas que jamais plus je n'aurais su la relever devant le père de Gandom, si bas que jamais plus je n'aurais su... l'odeur du kebab, l'odeur des tomates à moitié brûlées, molles, fondantes, juteuses, l'odeur de l'eau, l'odeur de la poussière, l'odeur des arbres, l'odeur du narguilé, l'odeur des nuages, l'odeur du vent, le vent qui s'engouffre lentement sous mon tchador et sous mon manteau... il faut que je m'en aille, pensai-je, il faut que je quitte cette maison le plus vite possible. Je ne me rappelle pas comment je fis pour, en un éclair, sortir de la maison, trouver le chemin de chez nous, réchauffer le plat de l'avant-veille qui était au réfrigérateur, le servir à Orman et Orash, leur interdire de quitter la maison avant mon retour, m'orienter jusqu'à chez Gandom, ni non plus comment, à l'instant même où je voulus appuyer sur la sonnette, ma main resta paralysée et je demeurai un long moment immobile face à la porte. Je craignais qu'ils refusent de m'ouvrir, je craignais qu'ils se soient moqués de moi. Peut-être étaient-ils en train de se payer ma tête et de se dire qu'ils n'avaient jamais vu une fille aussi sotte que moi. J'éprouvai soudainement le besoin de glapir, c'est ce que j'aurais fait si j'avais été une chienne, et peut-être alors que Gandom m'aurait entendue…

Le psy demanda : « As-tu jamais essayé de nouer un lien avec Farid Rahdar ? »
En voilà un de plus qui avait fixé son attention…

Chaque fois que j'allonge la main au-dessus de la table pour aider Samyar à manger sa nourriture, la manche de ma blouse remonte toute seule et les bleus qui couvrent mon bras deviennent visibles. Je ne veux pas jeter la fourchette dans l'assiette de Samyar et lui dire, agacée, que les autres enfants de son âge savent manger tout seuls ; c'est pourtant ce que je fais. Samyar ne dit rien et se contente de m'observer du fond de ses yeux noirs. Si seulement il ne me regardait pas comme ça. Si seulement il se mettait en colère, prenait sa fourchette et son assiette et les frappait contre la table, ou bien me les jetait carrément à la figure. Non pas qu'il ne sache pas faire ce genre de choses. Maintes fois j'ai assisté à ses accès de colère avec d'autres personnes, mais avec moi cela n'arrive jamais, il n'a que de la bienveillance à mon égard. La raison, je l'ignore. Est-ce de la peur ? Est-ce pour toutes les fois où j'ai été gentille… je n'en sais rien… Samyar prend sa fourchette et commence à manger, les grains de riz tombent d'un côté et de l'autre de sa bouche, il essaye de sourire, un sourire à fendre le cœur… je bois une autre gorgée… Samyar veut de l'eau. Je demande au serveur d'apporter une petite bouteille d'eau… en contrebas, j'aperçois un petit garçon de dix ou douze ans qui monte la pente en tirant à la force de ses bras une brouette remplie de pains. La brouette butte contre une pierre et se renverse, les paquets de pains se répandent sur le sol. Le garçon, épouvanté, remet à toute vitesse les pains dans la brouette et redouble d'efforts pour lui faire monter la côte… on dirait que je n'ai pas honte, que je n'ai plus honte de voir ce genre de choses tout en mangeant un plat de viande au restaurant, je sais que c'est le destin, et que le lot de chacun est de vivre la vie qui lui a été attribuée. Ainsi est le destin, et lorsque nous croyons qu'il a changé son cours ou que c'est nous qui l'avons changé, nous ignorons en fait que ce changement est encore et toujours le destin… alors, madame Gandom, tu vois, moi aussi je suis devenue quelqu'un, les phrases ronflantes n'ont plus de secrets pour moi… j'ignorais cet aspect du destin le jour où mon père mourut. À cette époque-là je croyais qu'il ne fallait pas qu'il meure. Je croyais que la mort de mon père n'était pas juste. Je croyais que l'on pourrait éventuellement remonter le temps et faire quelque chose pour que, ce jour-là, en cette heure-là, à l'hôpital Mehr de Zahedan, mon père… était-ce Mehr ou autre chose ?… À l'hôpital Khatam-ol-Nabiha de Zahedan… non, je pense que c'était Mehr, l'hôpital Khatam-ol-Nabiha était situé sur le boulevard de l'aéroport, alors que cet hôpital-là était en ville, donc cela doit bien être le Mehr, peut-être qu'il ne s'appelait pas Mehr mais tout du moins je suis sûre que ce n'était pas Khatam-ol-Nabiha… ô mais qu'est-ce que ça peut bien faire maintenant si ça s'est passé à l'hôpital Pars de Téhéran ou je ne sais où encore… en tous les cas, maintenant je sais que c'était le destin et que ce jour-là, à cette heure-là, dans cet hôpital-là, il était écrit que mon père allait mourir.

Je dis au psy : « Enfant, je pensais que j'étais amoureuse de mon père. Mais maintenant je sais qu'il me dégoûte. »

Pourquoi est-ce que cette dinde à la table d'en face me regarde de travers ?… Je vais boire un peu d'eau, me montrer un peu plus décontractée que je ne le suis et décocher un sourire au grassouillet à côté d'elle, elle se sentira tout de suite mieux… puis-je compter toutes les fois où Gandom tourmenta de la même façon la pauvre Ladan au dortoir ? C'est pour cela que chaque fois que Ladan me voyait seule, elle me disait : « Quel dommage de te voir traîner avec une fille pareille ! » Depuis la première année du lycée jusqu'à il y a huit ans, j'ai dû entendre cette phrase un millier de fois. La dernière fois ce fut Keyvan qui me dit « Quel dommage de te voir traîner avec une fille pareille ! »

Le psy demanda : « Donc c'est à cause de Keyvan que tu t'es séparée de Gandom ? »

« Sans aucun doute », répondis-je.

Et immédiatement j'ajoutai : « Je ne sais pas. »

Le petit garçon est maintenant arrivé devant la cour du restaurant. Il garde sa brouette en frottant à toute vitesse ses mains l'une contre l'autre… je ne décroche pas mon téléphone… à travers l'entrelacement de branches et de feuilles qui dissimule notre table, son regard limpide se pose sur moi. Il me fixe, immobile. Je détourne le visage… mais enfin, parmi tous les endroits possibles, pourquoi faut-il qu'il choisisse de se reposer précisément ici ? Et par-dessus le marché, au beau milieu de toutes ces feuilles et de toutes ces branches, pourquoi faut-il que son regard aille précisément se poser sur le mien ?… Je décroche le téléphone.

« Bonjour ma déesse. »

Cet abruti pense que je ne l'ai pas entendu la première fois.

« Où es-tu ? » me demande-t-il.

Je réponds : « Dehors. »

« Où dehors ? »

Je réponds : « Darband. »

« Où est-ce qu'on se retrouve à Darband ? »

Le mufle… à de nombreuses reprises je l'ai pourtant gentiment prié de ne plus me faire ce coup-là. Je l'ai prié de ne pas mettre notre relation en péril… au diable toutes mes prières. Tu sais toi-même fort bien que quand tu le pries d'arrêter de faire ce genre de choses c'est comme si tu lui disais… je raccroche… le bon du téléphone est qu'on peut raccrocher à n'importe quel moment et dire que la ligne a été coupée… ça sonne de nouveau… j'éteins mon téléphone. Et si Keyvan appelait… peu importe, je tourne à nouveau la tête. Le petit garçon est parti… si seulement on pouvait lire parfois dans la conscience des gens… par exemple, lorsque lui était dressé là et qu'il frottait ses mains à toute vitesse l'une contre l'autre, à quoi pensait-il ? Ou bien lorsqu'il me regardait de cette façon étrange… Samyar demande s'il peut ne pas manger le reste de sa nourriture ? J'acquiesce. Il tire immédiatement les confiseries de son sac et se met à l'œuvre… si seulement on pouvait parfois prédire l'avenir… par exemple : où sera et que fera ce gamin dans vingt ans ? Peut-être que dans vingt ans il sera en prison, condamné pour meurtre, trafic de drogues, ou je ne sais quel autre crime. Peut-être qu'il sera propriétaire d'un café ou d'un restaurant à Darband. Peut-être même qu'à ce moment-là l'Iran n'existera plus. Peut-être qu'une chanteuse célèbre, ou je ne sais quelle autre étoile d'Hollywood, sera autorisée à venir pour la première fois en Iran et adoptera mon garçon au lieu d'aller en Afrique… tout est destin. Donc le destin du garçon noir africain était de devenir le fils adoptif de cette chanteuse célèbre ? Peut-être que le destin y eut une part et le libre arbitre une autre part. Je me demande si la chanteuse célèbre aurait pu, à ce moment précis, choisir un autre enfant ? Je me réponds que non, cela n'aurait pas été possible… Samyar se change petit à petit en monstre. Il saute d'une dalle de pierre à une autre en criant « bang bang »… on dirait que je suis contente que mon enfant soit un garçon et pas une fille. Je suis contente qu'il ne veuille pas être Cendrillon ou la Belle au bois dormant, qu'il ne veuille pas attendre qu'un prince charmant vienne à son secours. Mon fils aspire à être un héros, à être courageux et fort, à voler dans le ciel et à sauver le monde contre les ennemis et les méchants. C'est la raison pour laquelle tous les meubles de la maison sont déglingués. Lorsque je suis gentille je le laisse sauter tant qu'il lui plaît d'un meuble à un autre… sans rire, tant qu'il lui plaît… ne te réconforte pas inconsidérément, tu sais fort bien que tu n'as jamais été une mère digne de ce nom, tu sais fort bien qu'à d'innombrables reprises tu as souhaité n'avoir jamais eu d'enfant… pourtant le psy a dit : d'une certaine façon oui, et être quoi que ce soit « d'une certaine façon » ça ne peut pas être mal… et si ce « quoi que ce soit » était quelque chose de mauvais… oui Gandom, tu as raison, je suis encore une idéaliste naïve, une chercheuse d'absolu idiote, n'est-ce pas ce que tu allais dire ?

Gandom demanda : « Pourquoi n'es-tu pas revenue hier ? »

Je répondis : « Je n'ai pas pu. »

Elle me regarda comme si elle savait que j'étais en train de mentir. « Je sais que tu as envie de venir, alors viens », dit-elle.

Le déjeuner touche à sa fin, je ne sais pas ce que je veux faire ni où je veux aller. Lorsque Keyvan est absent, ma vie est tout emberlificotée. Lorsque Keyvan est là, ma vie est emberlificotée d'une autre manière. D'une manière ou d'une autre elle est emberlificotée… emberlificotée… ce mot me plaît, on dirait que je pourrais même tomber amoureuse de lui, et alors, comme avait coutume de le dire Gandom, ce mot sera le mien, peu importe que les autres l'utilisent ou non, ce qui importe est qu'il sera à moi...

Prunes, grenades, cornouilles, mûres, cerises, noix, fèves avec des berces de Perse, crème séchée noire...

Le garçon demande : « Qu'est-ce que je peux faire pour vous ? »

Comme sa tête n'inspire pas confiance, il redouble de cordialité.

Je dis : « Comment s'appellent ces fleurs ? »

« *Wâllâh*, moi je ne les connais que sous le nom de *davudi* », répond-il en riant.

Je souris et dis : « Alors tu es comme moi, tu ne connais pas non plus le nom des fleurs. »

« Moi je ne suis rien ni personne pour pouvoir me comparer à vous », répond-il.

Je le regarde un peu, en ignorant moi-même pourquoi je le regarde de cette façon, puis je dis : « Un plat de cerises. »

Il m'en donne un plein à ras bord.

« C'est combien ? »

Il répond : « Pour vous madame ce n'est rien. »

« Merci c'est gentil. Mais c'est combien ? »

« Non, *wâllâh*, cette fois-ci je vous l'offre, on fera les comptes la prochaine fois. »

Cette fois-ci un point pour moi, me dis-je... je me mets à rire. Si Gandom avait été là elle aurait été pliée en deux... je m'en vais après l'avoir forcé à accepter l'argent. Je prends une cerise et la mets dans ma bouche. Lorsqu'elle entre en contact avec ma langue j'essaye... son goût...

Je dis au psy : « Durant les quatre années où j'allais chez Gandom, je ne sus jamais si j'aimais y aller ou non. C'était comme une addiction, comme si ma volonté n'était plus en jeu. D'un côté j'adorais aller là-bas, étaler une couverture sous le mûrier dans le jardin avec Gandom, nous allonger en révisant, bavarder tout en nous allongeant, rigoler tout en bavardant, fumer à la dérobée tout en rigolant, débattre tout en fumant, nous bouder tout en débattant, nous réconcilier… d'un autre côté je savais que Gandom était la maîtresse de maison tandis que moi… »

Que faire avec le reste des cerises ? Je demande à Samyar s'il en veut ? Il se renfrogne et dit non avec la tête. J'abandonne le plat sur une pierre dans un coin… d'un côté, chaque fois que j'en avais l'occasion, je me plaisais à écarter discrètement le rideau blanc attaché au sommet et à la base de la fenêtre de la chambre de Gandom et à jeter un regard, un unique regard, sur son père marchant avec calme et contenance sur les dalles de la cour… d'un autre côté j'abhorrais ce sentiment d'être dans le mal et dans le péché, et chaque jour je voyais ce sentiment grandir en mon cœur.

« Ton père ne quitte jamais la maison ? » demandai-je à Gandom.

Elle répondit : « Depuis que celle-là l'a quitté il n'a plus envie d'aller nulle part. »

Comme si de rien était elle parlait de sa propre mère au démonstratif. J'allais parler à mon tour de *celui-là* qui, avant de décéder, avait vendu, empoché et mangé toutes les terres héritées de mon grand-père, mais je compris immédiatement qu'il n'est pas facile d'appeler sa propre mère *celle-là* ou son propre père *celui-ci*… je dis à Samyar de se dépêcher parce qu'on est en retard, sans savoir moi-même pourquoi il faut qu'il se dépêche ni pourquoi on est en retard… je suis à deux doigts de me casser la figure dans la pente. M'appuyer contre la montagne… elle est si tranchante… soudain, le monsieur élégant de tout à l'heure se retrouve comme par magie à côté de moi. Il rit, non seulement son rire n'est pas gênant mais il est même un peu contagieux. Je ris à mon tour.

« On dirait que ce n'est pas votre jour ? »

Je lui fais signe que non.

« Je peux vous inviter à boire un thé ? »

Pourquoi pas me dis-je, les meilleurs thés sont peut-être les thés bus avec un étranger.

Je réponds : « Excusez-moi, je suis en retard. »

Il lève les paumes de ses mains en l'air, penche un peu la tête, et avec un sourire me fait signe que ce n'est pas grave. Je me dis : où en est-on à présent, deux-un pour Gandom ou deux-un pour moi ? Pendant quelques instants je crains que l'avantage ne soit de mon côté, cela m'effraye terriblement, une chose pareille ne m'est pas arrivée une seule fois, Gandom a toujours eu l'avantage. Quelle imbécile je fais ! La vérité est que mon avantage est toujours à l'avantage de Gandom. Je suis saisie d'une frayeur telle que je songe à revenir sur mes pas, rentrer à la maison, me terrer dans l'appartement et laisser les secondes devenir des minutes, les minutes des heures et les heures des… mon cœur fait un bond, n'est-ce pas Mansur qui descend de cette Mercedes bordeaux dernier cri ? Ou son double… il est complètement fou d'avoir imaginé qu'il pouvait me trouver au milieu de Darband. Est-il à ce point amoureux de moi ou est-il prêt à tout pour que cette fois-ci… il a sûrement aperçu ma voiture garée en contrebas. Je prends la main de Samyar, l'emmène dans un magasin et, tout en faisant le guet derrière la vitrine, je lui dis d'acheter tout ce qu'il veut. Ce dont Mansur est amoureux c'est les voitures neuves. Parmi tous ses engins je n'avais encore jamais vu une voiture bordeaux comme celle-ci… il se met à gravir la pente en scrutant les environs… sa face est si tranchante, yeux, oreilles, nez, menton… dès qu'il approche de la boutique, je me range sur le côté. Pendant ce temps Samyar choisit des babioles et les pose sur le comptoir du commerçant. Je dis que maintenant ça suffit… puis je jette de nouveau un œil à l'extérieur, Mansur nous a dépassés… monsieur le vendeur de carpettes met des jeans et des t-shirts soi-disant de marque. Alors, monsieur le vendeur de carpettes, vrai ou faux ? On dit avoir obtenu un master à l'université de machin-chouette. Monsieur le vendeur de carpettes est un grand intellectuel lisant des traités de psychologie : le secret du succès et de la célébrité… à peine Mansur est-il entré dans un restaurant que je règle à toute vitesse les achats de Samyar, prends le sac de confiseries, et traîne Samyar en direction de la voiture. Tout en lambinant derrière moi il me demande s'il peut porter lui-même ses confiseries. Je lui réponds, oui, oui, une fois dans la voiture. J'ouvre la porte arrière, installe Samyar et son sac de confiseries sur la banquette, puis je me précipite derrière le volant. Alors que nous approchons de la voiture de Mansur, je suis prise d'une envie folle de lui rentrer dedans. La tête me tourne à l'idée d'enfoncer une Mercedes dernier cri et de déguerpir. Je vire d'un seul coup, mais, à l'instant où je vais percuter sa voiture, je tourne dans le sens opposé. Je descends l'avenue Darband en me disant : peureuse !

3

J'accélère sur l'autoroute. Comme si en allant vite je voulais me racheter d'être une peureuse. Samyar refusait d'attacher sa ceinture, mais j'ai crié un grand coup et il l'a fait immédiatement. Cent fois je lui ai dit qu'il peut ne pas l'attacher lorsque l'on est en ville, mais que sur l'autoroute ce n'est pas négociable...

L'animateur radio dit : « Le service de l'état civil français a annoncé qu'un certain nombre d'enfants illégitimes n'ont pas été enregistrés comme tels... »

Allons-y. Le ciel s'est couvert subitement, la pluie tombe en crépitant sur le pare-brise : mon cœur, aussi fichu que les essuie-glaces qui me rappellent des épinards trempés et lourds, ma bouteille qui petit à petit se vide, ma vitesse qu'il faut que je réduise, la musique de la voiture d'à côté : « Même si l'imaginer est difficile, imagine un monde où tous sont bienheureux... »

Si Gandom avait été là elle aurait dit qu'on emmerde ce monde où tous sont bienheureux, et moi je lui aurais répondu : tu dis ça parce que tu as un père qui est propriétaire terrien, une grand-mère qui est fille de propriétaires, Halima pour servante, et une maison somptueuse. Gandom aurait

dit : j'ai bien assez de raisons d'être malheureuse, ça dépend
si l'on... ce salaud va me rentrer dedans.

Samyar demande : « Ça veut dire quoi salaud ? »

Malgré tous mes efforts pour ne pas dire ce genre de mots
à voix haute, rien n'y fait. Je lui réponds que ces expressions
sont réservées aux grandes personnes, les enfants ne doivent
pas les répéter.

« Imagine un monde où les prisons seraient une légende... »

Ce type croit-il vraiment aux salades qu'il chante ou le
fait-il seulement pour l'argent ?... Voilà l'autoroute noyée
sous un déluge de pluie... Samyar, tout excité, détache sa
ceinture et baisse la vitre afin d'apprécier les éclaboussures
jaillissant de sous les pneus des voitures, le spectre de Gandom
ne cesse de me tourmenter, elle me parle comme si on avait
ralenti sa voix, comme si elle s'adressait à un sourd-muet, en
disant : « As-tu la moindre idée de ce que ça veut dire *Téhéran*,
de ce que ça veut dire *le nord*, de ce que ça veut dire *la forêt*,
de ce que ça veut dire *la mer*... »

Je dis au psy : « Avant ça je n'avais jamais songé à Téhéran,
ni au nord, ni à la mer. »

Il y a beaucoup de choses auxquelles je n'avais jamais
songé... au concours... Gandom, vêtue d'un débardeur court,
pieds nus, marchait sur le rebord du bassin en essayant de ne
pas perdre l'équilibre.

Elle dit : « On sera acceptées toutes les deux au concours
et alors on partira d'ici. »

Ça ne lui faisait rien de déambuler au milieu du jardin dans
cet accoutrement. De mon côté je pensais : et si quelqu'un
nous observait depuis le toit ? N'est-ce pas elle qui avait la sale
habitude de tout le temps reluquer chez les voisins ?

« Moi je ne serai pas acceptée », répondis-je.

Elle était à deux doigts de tomber à l'eau. Je priais pour qu'elle tombe. Elle balança ses bras de droite et de gauche et retrouva l'équilibre. Puis elle dit : « Mais moi je serai acceptée, c'est sûr. »

Mon cœur se fendit en deux à l'idée que Gandom serait acceptée au concours, quitterait la ville et que je me retrouverais de nouveau toute seule…

Un immense panneau d'affichage couvert d'un bleu azuré, où au milieu est écrit : personne n'est seul, Avec Vous Télécom…

Samyar est pris de frénésie en voyant un chien au long poil marron assis à l'avant de la voiture d'à côté. Aussi loin que possible, il tend la main dans leur direction. Affable, la conductrice baisse un peu la vitre devant le chien… pourquoi chien et pas chienne ? Son visage me semble plus masculin que féminin… le chien pose les pattes contre le rebord de la vitre et tire la langue aussi loin que possible. Samyar allonge le bras, jusqu'à ce que finalement…

L'animateur du programme familial dit : « Avoir un enfant avant d'avoir éprouvé l'instinct maternel n'est pas nécessaire, car de toute façon, une femme est une mère par essence… »

Pourquoi les gens tiennent-ils à avoir un chien ou un chat ? Les chats de madame Ne'mati, par exemple, tous les jours ils doivent prendre leur bain à telle heure, manger leur ration à telle heure, faire leurs besoins à telle heure… ou la petite chienne frisée de Minu, castrée pour que ses menstruations n'aillent pas salir les tapis et les meubles précieux. Chaque fois que je vois cette chienne, je me dis que jamais plus elle ne pourra être en chaleur ni faire l'amour. Quelle importance ? Ce qui importe est qu'elle mange bien, qu'elle ne manque de rien et qu'elle dorme suffisamment. Pourtant, le plus étrange est qu'elle ne me semble guère heureuse, elle reste paisiblement assise dans un coin et, de temps à autre, elle lance un aboiement qui déchire le cœur…

L'invité du programme familial dit : « L'homme et la femme diffèrent en essence. Si la femme s'écarte de la voie de la chasteté, elle est responsable de la mauvaise réputation de son mari, en revanche, si l'homme… »

C'est sûrement l'humanité de mes sentiments qui fait que mon cœur se déchire. La chienne est peut-être heureuse en vérité, même si ses aboiements n'en laissent rien paraître. Aussi, je l'écoute attentivement chaque fois qu'elle aboie, pour essayer de comprendre ce qu'elle est en train de dire. Même si c'est peine perdue. Je ne comprends pas la langue des chiens. Certainement que Gandom aurait compris si elle avait été là. Madame avait la prétention de comprendre la langue du monde, elle disait que personne n'avait jamais senti comme elle la présence de Dieu en son cœur. Ça c'est vraiment gros…

Je dis au psy : « Depuis l'âge de dix ans, c'est-à-dire depuis que mon père est mort, jusqu'à mes quatorze ans, je n'ai pas manqué à un seul des *rak'ah*. Pas une seule fois mes cheveux n'ont été découverts devant une personne haram. Mon cœur était fourbu de subir nuit et jour les tourments de l'enfer, et même alors je ne savais pas où j'en étais ni où était Dieu ; de l'autre côté, Gandom, avec son affectation coutumière, disait que personne n'avait jamais senti comme elle la présence de Dieu en son cœur. »

Je répondis : « Si de nous deux il y en a une qui est supposée ressentir la présence de Dieu, ce ne peut être que moi et non pas toi. »

« Tu ne le sens pas car tu détestes tout le monde, tu détestes ton père, ta mère et tes frères, les passants et les filles du lycée », dit Gandom.

Le garçon, sur le siège passager de la voiture de la marque Pride roulant à ma gauche, baisse sa vitre et dit : « Tu arrives encore à respirer derrière tes verres fumés ? »

Le conducteur sourit jusqu'aux oreilles. Il y a des andouilles qui trouvent amusant de ressortir de vieilles blagues éculées. Je veux lui répondre… je ne trouve rien à répondre… leur voiture dépasse la nôtre, tant mieux. Je me demande quel est le score maintenant ?… Allez, dis, avec ça ça fait combien…

Je répondis : « Moi ! Moi ! J'adore mon père, j'aime ma mère, idem pour mes frères, et je n'ai aucun problème avec les passants et les filles du lycée. »

Gandom dit : « Tu mens. Au lieu de laisser ta rancœur s'accumuler, tiens tête à ta mère une bonne fois pour toutes et réponds-lui, alors seulement tu iras mieux. »

« Tu parles comme si tu étais dans ma tête », répondis-je.

« Je suis dans ma tête à moi, je suis dans ta tête à toi, je suis dans sa tête à lui, je suis dans notre tête à nous, je suis dans votre… »

Chaque fois qu'elle avait le dessous elle resservait à son interlocuteur ces poèmes ridicules et se mettait à ricaner… Les présentations avec le chien sont finies, Samyar est retourné dans ses pensées. Il songe probablement à des questions canines. Ô, lorsque ces enfants se mettent à poser des questions on est vraiment démunies… comment suis-je venu au monde ? Comment Dieu m'a-t-il placé dans ton ventre ? Mais où se trouve donc Dieu ? Pourquoi ne peut-on le voir ? Mourir ça veut dire quoi ? Comment les fruits sortent-ils des arbres ? Pourquoi ne peut-on manger des pierres ? Estomac ça veut dire quoi ? Idiot ça veut dire quoi ? Pourquoi les chats disent miaou ? Pourquoi ai-je cinq doigts ? Pourquoi ces enfants nous donnent-ils des fleurs dans la rue ? Ça veut dire quoi qu'ils sont en train de les vendre ?...

Dans le programme radiophonique de questions-réponses, un homme demande : « Si quelqu'un part en voyage, pour un voyage uniquement de loisir et de plaisance, commet-il un péché ? »

Le type répond : « Non. Son voyage est halal, il devra seulement accomplir la prière des voyageurs… »

« Ce n'est pas drôle », dis-je.

« N'être pas drôle est mieux qu'être peureuse », répondit Gandom.

« Je n'ai peur de rien. »

Elle dit : « Tu as peur. Tu as peur de ta mère, tu as peur de dormir d'un côté du lit ou de l'autre, tu as peur des lézards sur le mur… »

« Ne fais pas comme si toi tu n'avais pas peur des lézards », répondis-je.

Elle s'élança en disant : « Je vais tout de suite te montrer le contraire. »

Le psy dit : « N'es-tu pas agacée que ton mari parte aussi souvent en mission ? »

Ton mari, son mari, notre mari, votre mari, leur mari… celle-ci est de Gandom…

Je répondis : « Au début oui, mais plus maintenant. »

Trois quatre garçons bien mis sont en train de rire. À côté, une photographie de la même scène : un instant créé par l'appareil Sony…

Gandom avança la main et attrapa le lézard par la queue comme si de rien n'était. Le lézard se contorsionnait dans sa main comme un serpent blessé. Elle accourut vers moi. Je m'enfuis à l'intérieur de sa chambre. Elle me suivit. Je me lovai dans un coin et poussai des hurlements. Elle se jeta sur moi et passa la main dans le col de ma blouse. Je bondis sur mes jambes et me secouai dans tous les sens. Gandom se tordait de rire en roulant au sol. Je continuais à me secouer. Mais pas de trace du lézard. Gandom me dit en ricanant : « Je l'ai jeté dans le jardin, peureuse ! »

Je pleurai. Je voulais lui dire : tu te trompes, je ne déteste pas mon père, ni ma mère, ni les passants, ni les filles du lycée. La seule personne que je déteste c'est toi...

Le présentateur des informations dit : « Le porte-parole du gouvernement a démenti les accusations de l'Amérique en ce qui concerne l'intervention de l'Iran dans les récents attentats à la bombe en Irak... »

L'entrée de l'autoroute Chamran depuis l'autoroute Sadr est bouchée. J'allume mon téléphone après l'avoir extrait de mon sac... heureusement que j'ai détalé de Darband. Quand je pense que quelqu'un m'y cherche en ce moment... le pire est qu'il aurait pu me trouver...

Le présentateur des infos dit : « La Banque nationale a porté plainte à Londres contre l'Union européenne après que celle-ci a bloqué ses fonds dans les succursales de Londres, Paris et Hambourg... »

À peine allumé mon téléphone vibre, voilà que Keyvan s'est inquiété et désire parler à Samyar. Je passe le téléphone à Samyar. Il dit bonjour... il dit je vais bien... il dit oui... il dit d'accord... il dit au revoir.

À quatre pattes, comme une chatte sauvage qui prétend avoir été domestiquée, Gandom s'est approchée tout doucement de moi et me dit en retirant mon tchador : « Quelle idiote tu fais ! Qu'est-ce que ça peut faire qu'on ait peur de quelque chose ? Moi je n'ai pas peur des lézards mais d'autres choses me font peur. »

Je restai pétrifiée. Jamais je n'avais imaginé qu'il puisse exister une chose en ce monde qui fît peur à Gandom, encore moins *des* choses.

Je dis au psy : « L'une des plus pénibles nuits de mon existence fut la nuit de mon mariage. Je n'arrivais pas à croire qu'à vingt-sept ans, devant un étranger, il me fallait… »

Gandom dit : « Moi j'ai peur de dormir… de dormir. La nuit, pendant que je dors, je sens que tous les voiles s'écartent, je sens que le monde se dénude. À ce moment il ne reste plus que moi et un monde nu. J'ai tellement peur que j'éprouve le besoin d'aller dans la chambre de ma grand-mère ou dans celle de mon père, mais je ne le fais pas. Je me dis que si le monde se dénude devant moi c'est probablement afin que je me dénude à mon tour devant le monde. Et alors, je commence à enlever mes vêtements tandis que ma peur petit à petit s'amenuise, si bien que lorsque l'esprit arrive… »

Quelle rêvasseuse !… Lorsque l'esprit arrive… Constater que je prenais parfois plaisir à entendre ses salades me révoltait, je croisais les mains sous mon menton, mes oreilles étaient tout ouïe, j'en demandais cent fois plus… pourquoi ne lui avais-je jamais dit que les fantaisies, les peurs, et les angoisses d'un individu sont parfois plus belles que la réalité et même plus réelles que la réalité…

Un enfant bouffi avec des yeux verts, la tête sortant de sous une couverture verte. Gardez pour toujours vos souvenirs en haute résolution, appareil photo Panasonic…

C'est Mansur qui m'appelle, trop tard pour lui maintenant. Je décroche.

« Où es-tu ? Je t'ai cherchée partout à Darband. »

Je réponds : « Tu es fou ! »

Il dit : « Je suis fou de toi ! »

« On avait convenu que tu ne dirais plus ce genre de choses… »

« Je veux seulement te voir, ce n'est pas un crime. »

« Alors laisse moi le temps de t'appeler. »

« Tu ne m'appelleras pas », dit-il.

« J'appellerai. »

Il demande : « Promis ? »

Je réponds : « Promis. »

Le fait que Keyvan parte en mission ne m'agace plus du tout. Au début, je croyais que si Keyvan était absent tout se passerait très mal, mais ensuite j'ai compris que ça ne change rien, les choses se passent tout aussi mal lorsque Keyvan est à la maison.

Je dis au psy : « La seule chose que je veux savoir est si, oui ou non, mon mari couche avec d'autres femmes lorsqu'il est à l'étranger. »

Le psy demande : « C'est important à tes yeux ? »

De temps à autre j'éprouvais une envie pressante de mentir, même au psy. La situation devenait alors vraiment bizarre : je déboursais tout cet argent chez ce type à qui je pouvais dire, sans arrière-pensée, tous les secrets de mon existence, et simultanément j'avais envie de lui mentir !

« Par certains côtés oui, par d'autres côtés non », répondis-je.

Je dis à Samyar d'attacher sa ceinture. Il répond qu'on ne va pas encore assez vite. Il dit la vérité. Si j'étais honnête je lui donnerais raison, mais à cet instant je n'en suis pas capable. Je dis « Vite ou pas vite, tu attaches ta ceinture ! » Alors qu'il s'exécute, il me demande pourquoi on ne peut pas avoir un chien à la maison. Je ne lui réponds pas. Les enfants ont de ces idées qui les font demander mille fois la même chose...

Monsieur Clooney, avec sa belle stature, un manteau et un pantalon assortis, le regard perçant, un sourire enchanteur... que disait la publicité ?

Keyvan a confiance en moi. À l'en croire, il a épousé la fille la plus vertueuse et la plus modeste de l'université. Depuis tout ce temps il a confiance en moi. Une telle confiance colle à la peau, même davantage, après toutes ces années elle blesse, et la blessure devient un trou, et le trou s'infecte et putréfie... mes mots... quels sont-ils ?... Et combien d'entre eux appartiennent à cette maudite Gandom ?... À cette chose qui ne me laisse pas en paix, à cette chose qui par tous les moyens veut prouver son existence alors qu'elle n'existe pas, alors que... pourquoi ces embouteillages n'en finissent-ils jamais, où tous ces gens vont-ils ? N'ont-ils pas une vie, un travail ? J'espère que le monde entier n'est pas devenu aussi désœuvré que moi... Gandom se disait dégoûtée par la fidélité des chiens envers les hommes, par ces battements de queue, ces lapements, ces... je voulais dire à Samyar que la fidélité des chiens envers les hommes... je lui dis que les chiens au pelage long et tombant me dégoûtent un peu...

Entremêlée à la mélodie diffusée par la radio, une voix féminine déclame : « Lorsqu'un enfant est sur le point de venir au monde, un ange vient de la part de Dieu et lui dit : "Tu t'apprêtes à aller dans un monde recouvert de forêts et surplombé d'un ciel tapissé d'étoiles"... l'enfant est terrorisé. L'ange le pousse dans le monde et demeure son protecteur jusqu'à la fin de ses jours... »

Ces bouchons doivent avoir un autre motif que la pluie. Peut-être est-ce l'un de ces embouteillages imprévisibles...

impondérables… je m'étais promis de ne plus jamais sortir dans la rue avec Gandom, lasse de ses ricanements et de
ses fous rires en public, lasse du fait qu'une fille de son âge
puisse encore vouloir sauter par-dessus un ruisseau ou faire
brinquebaler à coups de pied une canette le long de toute une
avenue, lasse de sa façon de se découvrir la moitié des cheveux, lasse du fait qu'elle n'avait aucun égard pour le lieu où
nous vivions et pour l'opinion que les autres avaient de nous.
Car, enfin, dans une si petite ville, quelle idiote accepterait de
recevoir une lettre au milieu de la rue, sous les yeux de tous
les garçons ? Elle les lisait à voix haute dans la cour comme
s'il s'agissait de rédactions scolaires… mademoiselle Gandom,
je vous aime, de la part de celui qui pense sans cesse à vous…
le premier qui dira du mal de toi dans ton dos je le lui ferai
payer cher. Tu es mienne, uniquement mienne… sais-tu de
quelle couleur est l'amour ? De la couleur de mon cœur que
tes yeux ont emprisonné… elle lisait tout cela en riant. Elle
compromettait notre honneur à toutes les deux aux yeux du
monde entier uniquement parce que ces lettres l'aidaient à
tuer le temps et la faisaient rire… Samyar, la ceinture attachée,
s'est endormi, affalé dans son siège. Sa nuque penche d'un
côté. Je m'arrête sur la bande d'arrêt d'urgence de l'autoroute.
Il pleuviote encore. En sortant de la voiture, je n'arrive pas à
comprendre si c'est moi qui me diffuse dans l'atmosphère ou
si c'est l'atmosphère qui se diffuse en moi… même si je m'étais
promis de ne plus jamais sortir dans la rue avec Gandom, ce
jour-là je ne pus m'en empêcher. Elle déplia un journal devant
le kiosque. En moins d'une minute elle trouva son nom. Et
si je n'ai pas été acceptée, pensai-je… le doigt de Gandom
parcourait de haut en bas la liste alphabétique… combien de
fois encore ?… Maintenant il faut qu'elle lise mon nom, il faut

qu'elle confirme que moi aussi j'ai été acceptée… Gandom fronça les sourcils et dit : « Ton nom n'y est pas. »

J'ouvre la porte arrière, une vraie déchetterie : emballages de biscuits et de bonbons froissés, canettes de jus de fruits et de sodas vides. Je fais tout glisser sur le plancher de la voiture… mon nom pouvait-il vraiment ne pas y être ? Tout pouvait-il vraiment être fini pour moi ? Était-ce possible…

« C'est ta faute, à force d'être pessimiste tu as vraiment échoué… » dit Gandom.

Je détache la ceinture de Samyar et l'allonge sur la banquette. Je regarde son visage. Pourquoi les enfants me font-ils tant de peine lorsqu'ils dorment ? Orman et Orash aussi ne me faisaient de la peine qu'en dormant. Dans ces moments-là, je ne leur en voulais plus de devoir leur préparer à manger tous les jours, de devoir laver leur linge tous les jours, de devoir faire leur lit tous les jours, de devoir les laisser dormir au milieu tous les jours tandis que ma mère et moi dormions de part et d'autre du matelas. Pourquoi n'ai-je jamais dit à ma mère que, la nuit, j'avais peur de dormir de l'un des côtés… une fille de ton âge… j'en avais la chair de poule. Je me rassieds derrière le volant et démarre… ce n'est pas faux, j'avais peur, et je ne cessais pas de dire que je ne serais pas acceptée, mais Dieu sait que je ne souhaitais rien d'autre que de l'être. Les noms écrits les uns sous les autres dans le journal défilaient à pas pressés sous mes yeux comme d'indiscernables soldats. J'ai bâclé le travail. Je revenais à la case départ. Je songeai : voici donc l'instant où l'on n'a plus peur de la mort, si je ne suis pas acceptée faites que je meure, que je meure et ne reste pas seule. Les mots « pas ton nom » me hantaient, virevoltaient dans l'espace en grimaçant, se tordaient la bouche, les mots « pas ton nom »… mon nom, mon nom… et durant un instant j'oubliai que nous nous trouvions dans la rue. Je me glissai derrière Gandom. Je voulais lui écraser le journal sur la tête. Gandom prit la fuite. Je courus derrière elle. Je sentais mon tchador s'envoler et ne le retenais plus qu'avec deux doigts. Une rue ou deux rues ? Quelles rues ? Des noms ? Pourquoi ne me souviens-je d'aucun nom ? Ma ville, ma ville oubliée, ma ville démembrée…

Le psy dit : « Ne vous inquiétez pas, il est normal que les introvertis fassent plus attention à l'ensemble qu'aux détails. »
Mais moi je m'inquiétais quand même, je me demandais si je n'étais pas devenue amnésique. Si seulement le psy n'écrivait pas aussi vite dans mon dossier, mon dossier… ce dossier qui s'épaississait jour après jour et dont je ne savais plus ce qui y était de moi et ce qui n'y était pas de moi.

À la radio un homme crie : « Chichak, Chichak, Chichak… un chocolat pour les petits et les grands… »
Gandom, s'élançant de derrière un mur, me subtilisa le journal des mains et le déchira en mille morceaux qu'elle jeta en l'air. Les lambeaux du journal tournoyaient dans l'atmosphère et nous retombaient dessus… cela était sans commune mesure avec toutes les choses inimaginables qui nous étaient déjà arrivées… Gandom et moi… ensemble… à Téhéran… dans une université… une faculté… les bouts de papier dansaient dans les airs, et l'on eût dit que nous aussi nous dansions. Cela ne dura qu'un instant, ou peut-être cela parut-il un instant, un court instant, aussi court qu'un crayon où ne reste que la gomme… tout à coup je réalisai que nous étions dans la rue… à nouveau les têtes qui hochaient, les lèvres qui se mordaient, les cœurs qui se renfrognaient, les pieds qui jamais ne danseraient, ces corps rompus sous le fardeau de leurs vêtements, à nouveau les ricanements et les railleries,

mate la salope… j'arrangeai mon tchador et dissimulai mon visage pour ne pas être reconnue.

L'animateur radio déclare avec ardeur : « Iranien, c'est-à-dire moi, iranien, c'est-à-dire toi, iranien, c'est-à-dire nous… »

Gandom dit : « Malheureuse ! On quitte cette ville ! On met les voiles pour toujours. Ce que ces gens pensent de toi n'a plus d'importance. »

Je ne savais pas quelle importance cela avait, mais je savais que ça en avait. Pouvait-ce ne pas avoir d'importance ? Même si je ne devais vivre qu'une minute de plus, ce que les gens pensaient de moi avait de l'importance, quand bien même je ne savais pas qui ils étaient, tels ceux qui défilaient à ce moment-là autour de nous, ces gens qui…

Lipton, la vie délicieusement révélée…

Dans la voiture d'à côté le chanteur crie : « L'amour revient toujours »… puis, de nouveau : « L'amour revient toujours »… d'un signe de la main je demande au conducteur d'environ vingt-trois, vingt-quatre ans qui est le chanteur… au même moment je me dis que, de nos jours, les gens ne se traitent pas en étrangers, comme si plus rien ne les séparait… il dit le nom du chanteur. Je n'entends rien. Il répète, plus fort. Je n'entends toujours rien. Je fais semblant d'avoir entendu, souris et le remercie d'un signe de la tête… l'amour revient toujours… le bruit que font les chaussures du père de Gandom sur les dalles de la cour… si seulement je pouvais disparaître et, encore une fois, de derrière le rideau blanc… je n'avais pas encore entrebâillé le rideau lorsque quelqu'un frappa à la porte… où était Gandom ? Peut-être dans la cuisine, peut-être dans la chambre de sa grand-mère, peut-être dans la cour, peut-être dans la pièce d'où j'étais sortie… l'amour revient toujours… je regardai mon tchador étalé sur la chaise de l'autre côté de la chambre. Je me retournai et ouvris la porte. Quatre années s'étaient écoulées, je mesurais maintenant un mètre et soixante-cinq centi... le père de Gandom avança d'un pas ; j'eus l'impression d'être coupée en deux, comme si mes mains s'élançaient d'un côté et mes jambes de l'autre.

« Comme je suis content que tu aies été acceptée », dit-il d'une voix profondément grave.

La tête baissée, je répondis : « Merci monsieur. »

L'amour revient toujours... il avança lentement la main, la plaça sous mon menton et me releva la tête. J'eus subitement l'impression d'avoir été lâchée dans l'espace et le temps, de m'enfoncer à l'intérieur de deux yeux sombres où se dissimulait le regard d'un petit garçon me scrutant à la dérobée par l'embrasure d'une porte, du haut d'un mur ou de derrière un rideau.

« Maintenant que tu pars, ne baisse pas tant la tête. Laisse ces yeux faire face au monde. »

Et je sentis ondoyer tous les atomes de mon être, je sentis que je m'approchais de lui en me contorsionnant et que je m'enroulais autour de lui pareille à un lierre. Combien j'eusse désiré être durant un instant, un unique instant, entre ses bras, sentir ses mains lourdes et épaisses caresser mes cheveux et oublier qui j'étais et pourquoi j'existais...

Il approche l'aile de sa voiture de la mienne et, allongeant le bras aussi loin que possible, me tend un CD. Je lui fais « non, merci » du bout des lèvres. D'un signe de tête il me demande de le prendre. Je réponds « mais enfin... », il explique qu'il l'a déjà, qu'il a le même. Comme je suis heureuse qu'après m'avoir donné le CD il détourne les yeux et ne me regarde pas une seule fois depuis sa voiture. C'est peut-être un étudiant, avec cette mine, ces mains, cette bonne humeur, et ce... que

Farid Rahdar aille au diable, avec sa mine, ses mains et sa bonne humeur… si tu te mets une fois encore à penser à ce type, me dis-je exaspérée… je finis la bouteille d'eau…

Gandom dit : « Ton problème est que tu ne sais pas profiter du moment présent. »

« Le moment importe peu, c'est la vie qui est importante, la façon dont on vit notre vie », répondis-je.

Elle dit : « Oh là là, tu es bien partie pour devenir l'une de ces vieilles râleuses. »

Je mets le CD avec les autres sous le pare-brise. On dirait que je suis devenue addicte au crépitement de la radio… le crépitement de la radio… le crépitement de la radio de ma mère, allumée au-dessus d'elle jusqu'à l'aube, comme si sans ce crépitement elle n'aurait pu traverser la nuit, car ma mère n'a jamais, depuis la mort de mon père, été avec un autre homme…

« Si cela se produisait elle se détendrait un peu et ne ferait plus tant de chahut à la maison », dit Gandom.

Je renverse la bouteille vide au-dessus de ma bouche, la renverse encore, et encore une troisième fois…

Les voitures devant moi se rangent toutes sur le couloir gauche de l'autoroute. Les gyrophares de la police me font comprendre qu'il se passe quelque chose du côté droit… est-il possible de ne pas voir chaque jour un ou plusieurs accidents sur les autoroutes de Téhéran ? Qui est-ce qui disait que nous conduisons si mal aujourd'hui que l'on a l'air de tous chercher à nous suicider… Je n'ai pas besoin de me tordre beaucoup la nuque, la scène est parfaitement visible. Sur la bande d'arrêt d'urgence il y a un vélo plus ou moins aplati et un garçon de peut-être dix ou douze ans qui est recroquevillé en position fœtale au bord de l'herbe, les policiers demandant aux automobilistes d'avancer tandis que les gens dans les voitures veulent regarder le spectacle… je me dis que si cet enfant a un père et une mère ils doivent tous les deux être morts de chagrin… puis je me dis que, parmi tous ces gens, parmi tous ces enfants, il fallait bien que ce soit aujourd'hui le tour de quelqu'un… après m'être faufilée dans le passage étroit sur le côté gauche de l'autoroute, j'accélère subitement et me remets à respirer… c'était un message… un bref message… je me demande s'il est possible, à travers le simulacre du passé, d'accomplir certaines des choses que l'on a manqué d'accomplir dans le passé… prenons un exemple, peut-être que je puis, en ma conscience, revenir en arrière dans le temps et, une bonne fois pour toutes, tenir tête à ma mère, lui répondre et tirer une telle satisfaction de cette image qu'il me fût possible de simultanément éprouver cette satisfaction dans la vie réelle… j'enfonce la pédale de l'accélérateur… j'ai quatorze ans, demain je dois aller au lycée, je tiens tête à ma mère avec fermeté et assurance. Ma mère n'est plus cette femme grasse et empesée, elle est très mince et, à ses dires, elle s'est tellement disputée avec les droguées du centre de rééducation qu'elle s'est mise à adopter leur physionomie. Je sens que je n'ai pas peur, que rien ne vacille en moi, que je peux crier autant qu'elle, lui répondre… Gandom ricane, cette Gandom vulgaire qui a l'habitude de ricaner… c'est peine perdue, la satisfaction que je tire du simulacre du passé n'est pas telle que je puisse simultanément l'éprouver dans la vie réelle…

En haut, quelques enfants chétifs jouent sur de la terre battue, en dessous, un frigo, une télévision, un lave-linge, un système audio et un home cinéma, construisons un monde meilleur avec les enfants, Samsung aux côtés de l'Unicef…

C'était un bref message… très bref… lorsque mes études seraient finies, lorsque ma situation et mes moyens le permettraient, je voulais faire tout ce qui était en mon pouvoir pour mes deux frères. Je voulais vraiment tout faire pour eux… énervée, je jette ma bouteille d'eau par la fenêtre, puis le regrette immédiatement. Quand il pleut, la Téhéran crasseuse redevient belle. Quand il pleut, la Téhéran bondée redevient belle. Quand il pleut, la Téhéran dégingandée… et voilà que le feu rouge est en panne. Je ne sais pas si j'avance ou si je reste où je suis pour contempler l'imbroglio de voitures au milieu du carrefour. Et voici les enfants qui, à en croire Samyar, veulent nous forcer à accepter des fleurs. Je remonte la vitre pour éviter qu'il ne jette leur marchandise dans l'embrasure. Si Samyar ne dormait pas il aurait fallu que je lui réexplique la signification de l'argent. Ou bien mes explications ne servent à rien, ou bien quelque chose ne tourne pas rond chez cet enfant ou alors c'est le sujet qui n'a aucun sens… je voulais vraiment tout faire pour eux… un bref message… très bref.

Le psy demanda : « Quand cela est-il arrivé ? »
Je répondis : « Durant notre première année à la fac. »

Moi je ne pleurais pas, mais Gandom, elle, pleura plusieurs jours de suite. Si on avait intercalé les pleurs que je ne versais pas avec ceux qu'elle versait, le résultat aurait été balancé. Elle dit : « Il faut qu'on rentre. »
« Zahedan c'est fini maintenant », répondis-je.
Peut-être mes frères étaient-ils morts dans l'incendie…
Peut-être mes frères étaient-ils morts dans l'accident…
Peut-être mes frères s'étaient-ils noyés… quoiqu'il fût improbable qu'ils aillent se noyer tous les deux en même temps… peut-être n'était-ce pas si improbable que cela non plus… dans la mesure où ils étaient venus ensemble au monde peut-être qu'il leur fallait également repartir ensemble…

Peut-être mes frères s'étaient-ils pendus, comme le fils du voisin qui s'était pendu à l'époque où j'allais au lycée…

Peut-être que mes frères étaient morts de chagrin…

Peut-être que mes frères…

Le psy dit : « Tu ne sais donc vraiment pas ? »

Je fis non de la tête et ajoutai : « Qu'est-ce que ça change ? »

4

Je ne sais vraiment pas pourquoi je suis sortie dans cette rue. Pas un millimètre pour se garer. Je me gare plus loin en double file, devant le kiosque à journaux, et scrute les immeubles de briques de l'autre côté de la chaussée, avec leurs balustrades de fer et la petite casemate du gardien. Il y a quinze ans… si mon cerveau a déjà du mal à digérer, qu'est-ce que ce sera le jour où je devrai dire « il y a trente ans » ou « il y a quarante ans »… « Oh là là, tu es bien partie pour devenir l'une de ces vieilles râleuses »… Samyar s'étire mais ne se réveille pas. Je ne veux pas le regarder, je ne veux pas songer au fait qu'alors même que je suis en train de mourir, lui est toujours un enfant… une gigantesque banderole est accrochée aux balustrades de l'autre côté de la rue, il y est écrit : Grand congrès du sida, le sida est tout près de vous…

Sur une autre : Les séismes sont naturels, être mal préparé ne l'est pas…

Il y a quinze ans… les longs corridors dallés de pierres… je n'arrivais pas à croire qu'il existait dans ce bâtiment une chambre à l'intérieur de laquelle un espace m'était réservé, je n'arrivais pas à croire que je pourrais dorénavant dire « ma chambre », ma chambre…

Le directeur du dortoir répondit : « Toutes les chambres sont occupées, vous ne pouvez pas être dans la même chambre. »

Gandom insista : « Vous êtes sûr ? Regardez mieux, il doit bien y avoir une autre place. »

Puis elle me montra du doigt en disant : « C'est pas vrai qu'on se ressemble ? »

Le directeur du dortoir s'esclaffa et dit : « Vous pouvez le confirmer vous-même, j'ai regardé toutes les listes plusieurs fois. »

« Ce n'est pas grave, nous reviendrons si vous le voulez bien, mais nous n'irons pas dans deux chambres séparées », répondit Gandom.

Elle prononça ces mots avec tant de détermination que l'idée de revenir me donna la chair de poule… je ne veux pas regarder Samyar, je ne veux pas songer à quoi ressemblera Samyar à vingt ans ou à trente ans ou à quarante ans… « Ton problème est que tu ne sais pas profiter du moment présent »… Mon problème, mon problème… je regarde le kiosque à journaux, acheter le mensuel…

Tout en réexaminant les listes le directeur du dortoir demanda : « Est-ce que tout le monde à Zahedan a la langue aussi bien pendue que toi ? »

Gandom sourit et, comme toujours, ses fossettes. « Les gens ont non seulement la langue bien pendue mais ce sont aussi de vrais enquiquineurs, pourtant vous verrez qu'on vous manquera lorsque nous partirons. »

Le psy demanda : « Et Gandom alors, Gandom aussi choisit de ne pas rentrer à Zahedan ? »

À quoi rime cette question ? pensai-je. Gandom pouvait-elle arrêter d'aller à Zahedan ? S'il avait demandé, et Gandom alors, Gandom n'allait-elle pas de temps à autre à Zahedan ? Comparé à « Et Gandom alors, Gandom aussi choisit de ne pas rentrer à Zahedan ? », cela changeait tout… et voilà qu'il me regardait comme s'il avait visé en plein dans le mille.

En descendant de la voiture je me rends compte que le temps s'est refroidi pendant les deux dernières heures. J'ouvre le coffre. On dirait le marché aux puces de Zahedan : les vêtements de Samyar et les miens empilés les uns sur les autres. J'extrais mon blouson de cet amas et l'enfile. Je presse le bouton de la télécommande jusqu'à ce que les loquets de la porte soient tous descendus dans leur trou… cela se passait toujours comme ça. À chaque fois je me disais, c'est maintenant ou jamais, monsieur Razavi, notre professeur de mathématiques, ou madame Mohammadi, notre professeure de chimie, va s'agacer des plaisanteries de Gandom et la mettre à la porte. Mais non, ils ne s'agaçaient pas et ne la mettaient pas dehors non plus. Je me disais, c'est maintenant ou jamais, le directeur du dortoir va sortir de ses gonds à cause de toutes les fables que Gandom lui a resservies, et lui dire : « Je vous prie de quitter les lieux et d'aller où bon vous semblera » ; mais il n'en faisait rien. Je ne sais pas pourquoi la vue de Gandom les avait tous ensorcelés, c'était révoltant. Homme ou femme, grand ou petit, révolutionnaire ou contre-révolutionnaire, aucune différence, même cette idiote de Ladan, qui médisait partout de Gandom et maugréait qu'elle voulait changer de chambre, partagea la nôtre durant quatre années entières… le vendeur de journaux a étendu une bâche sur les journaux et les revues disposées devant le kiosque et a posé quelques cailloux par-dessus afin que le vent ne l'emporte pas…

À la une du journal : la crise économique est une conspiration de l'ennemi…

Gandom dit : « Nous partons en avion. »

Après toutes ces années elle ne savait donc pas que…

Elle ajouta : « Mon père t'offre le billet. »

Je savais que toutes les terres et les propriétés du père de Gandom, excepté la maison qu'ils habitaient, avaient été saisies au début de la révolution, en revanche j'ignorais d'où venait l'argent qui alimentait leur prodigalité…

À la une d'un autre journal : hier, à l'aube, huit condamnés à mort pendus dans la prison d'Evin…

À l'idée de monter à bord d'une boîte en métal et de m'éloigner aussi loin au-dessus du sol, de sentir que mon corps n'est plus fixé nulle part et de ne pouvoir rien y faire si je devais tomber à cette altitude, je faillis perdre conscience… ma chérie, tu es à deux pas de la voiture, toutes les portes sont verrouillées, Samyar est à l'intérieur, donc personne ne peut le…

Gandom dit à Ladan, Mitra et Suzanne : « Mon amie a peur de l'altitude, elle ne peut pas dormir dans le lit du dessus. »

Je le savais, je le savais, cette peste était au courant. Que je laisse ou non paraître mes craintes, il fallait toujours que je me sente humiliée par Gandom. Elle avait pourri toute ma vie, elle, elle qui avait l'air de me connaître comme sa poche, qui avait l'air de sentir les moindres tressaillements de mon cœur, qui avait l'air plus proche de moi que je ne l'étais moi-même… toute ma vie… ça me fait rire… toute ma vie pourrie avait été pourrie une deuxième fois… sur la couverture de la plupart des revues populaires a été imprimée la photographie d'une enfant soi-disant belle que l'on a soigneusement maquillée. Cela me rappelle les portraits de femmes dans les revues d'avant la révolution… je jette un coup d'œil à la voiture et me dis que mieux vaut qu'un enfant meure plutôt que d'être perdu ou kidnappé… « Ton problème est que »… mon problème… mon problème… tu sais fort bien que mon problème transcende de tels mots.

Gandom dit : « De toutes les façons nous devons réfléchir ensemble, car mon amie ne peut en aucun cas dormir dans le lit du haut. »

Ladan dit : « Il n'y a pas à réfléchir, nous sommes arrivées les premières, nous avons déjà choisi nos lits. »

Gandom, à l'instar d'une chienne qui aboie, ne prêta aucune attention à Ladan. Elle dit : « Moi je dors par terre, Suzanne non plus n'est pas gênée par la hauteur, donc on va tirer au sort entre vous trois. »

Alors qu'elle ne supportait pas le sacrifice, elle voulait tout le temps se sacrifier pour moi. Comme la fois où je dis préférer qu'on ne paye pas mon billet d'avion : elle me regarda de travers et répondit « Alors on ira ensemble en bus. »

Avant que Ladan n'ajoute quoi que ce soit, je dis : « C'est moi qui dormirai par terre. »

Je n'avais aucune envie de dormir par terre, toute ma vie j'avais dormi sur le sol. J'avais envie d'un lit, de mon lit à moi, mais je savais aussi que s'il était en hauteur je ne pourrais jamais le supporter… comment le savais-je ? Je n'avais jamais dormi en hauteur…

Je dis au psy : « Des pensées, des pensées, les pensées des choses me tourmentent davantage que les choses elles-mêmes. »

Je n'aperçois pas la revue de Farid Rahdar. Je la demande au vendeur de journaux. Il désigne un coin de la devanture. J'extrais la revue de dessous la bâche. C'était un garçon tellement téméraire que juste après qu'ils ont interdit sa première revue, il en lança immédiatement une autre. Je relève mes lunettes sur mes cheveux et feuillette rapidement les pages, voilà l'introduction de monsieur le rédacteur en chef…

Farid Rahdar tendit un papier à Gandom en disant : « Vous me rendriez heureux si vous m'appeliez. »

Romans, poèmes et articles d'écrivains, de poètes et de critiques nationaux en voie d'extinction…

« Si possible, d'accord », répondit Gandom.

C'était la première fois que je voyais la main de Gandom trembler en acceptant un numéro de téléphone. La première fois que j'entendais la voix de Gandom trembler en parlant. Je savais que Farid Rahdar ne voyait pas le tremblement de sa main ni n'entendait le tremblement de sa voix. Et si Farid Rahdar avait passé toutes ces années avec Gandom ? Et si Farid Rahdar connaissait les moindres mouvements de Gandom et chacune des inflexions de sa voix ?… Et voilà maintenant une nouvelle rédigée par monsieur le rédacteur en chef… je mets la revue à sa place, cela fait longtemps que je n'ai plus envie de lire ses romans, que la moindre trace de Gandom dans ses romans me donne envie de vomir…

Le psy dit : « Tu parlais de Farid Rahdar. »

En voilà un de plus qui avait fixé son attention sur Farid Rahdar.

Mitra dit… Mitra ? Mitra qui jamais ne se trouvait dans la chambre. Comment ? Elle y était, mais, selon l'expression de Gandom, elle puait si peu que, là ou pas là, on ne s'apercevait de rien. Ou bien peut-être était-ce Ladan qui avait dit cela… non, improbable, Ladan n'était pas de celles qui feraient une chose pareille. En tous les cas, l'une d'entre elles m'a dit :

« Si la hauteur te pose vraiment problème, tu peux prendre ma place. Moi je m'arrangerai. »

Je regarde la voiture, Samyar s'est réveillé et baisse la vitre à toute vitesse. Tout en m'approchant j'appuie sur le bouton de la télécommande, les loquets… Samyar dit qu'il veut faire pipi. Je lui demande « Rien d'autre ? » Il répond que non. Je sonde les rues alentour. Il y en a une qui me semble plus déserte. Évidemment, la voiture est en double file. Je me dis qu'au pire je prendrai une amende. Je demande à Samyar de me suivre. Nous passons devant le kiosque à journaux et nous engageons dans cette rue… il faut le dire, qu'est-ce que j'aurais fait si Gandom n'était pas venue avec moi en bus ? Étais-je assez courageuse pour voyager toute seule ?… Moi et Gandom dans un bus… nous voulions voyager seules… nous ?… Je mens, c'est elle qui le voulait. C'est elle qui demanda à son père de nous laisser partir seules. Comme si elle savait que son père et sa grand-mère ne pouvaient rien faire d'autre qu'habiter leur maison. Comme si elle savait qu'ils en étaient inséparables.

Je dis : « Mais deux filles toutes seules… »

« Si nous sommes deux c'est que nous ne sommes plus seules », rétorqua-t-elle.

Je me place derrière les buissons du square et ouvre la braguette de Samyar. D'un trait, l'urine va se perdre dans les feuillages. Il s'en amuse, se trémousse, et le liquide gicle de tous les côtés… Gandom envoya un tel coup de pied au tronc du large sapin au milieu de la cour du dortoir que la neige tomba d'un seul coup en avalanche sur nos têtes. Elle dit qu'elle le savait… durant toutes ces années elle avait su qu'elle finirait par le rencontrer quelque part, qu'ils finiraient par se retrouver l'un devant l'autre… je dis à Samyar de se dépêcher, que ce serait moche si on nous voyait. Il demande pourquoi est-ce que ce serait moche si on nous voyait ? Je lui réponds que c'est parce que les gens font leurs besoins aux toilettes, pas dans la rue. Il dit, et s'ils faisaient pipi dans la rue qu'est-ce que ça changerait ? J'ai envie de lui en mettre une. Je lui dis qu'il comprendra quand il sera plus grand. Ce sont les deux dernières gouttes ; je remonte vite son pantalon. Les mères qui parviennent à surmonter ce genre de problèmes avec leurs enfants au milieu de la ville ont bien du mérite.

Victorieuse, je rebrousse chemin avec Samyar… et si elle cherchait Farid Rahdar… je ne dois pas penser à Gandom, je ne dois pas penser à ce qui est fini… dès que Samyar aperçoit le supermarché il me demande à nouveau des confiseries. Les enfants n'ont d'appétit que pour ça. Je dis non, maintenant c'est l'heure du lait, je ne t'achèterai que du lait.

Dans mon enfance on appelait *supermarchés* les petites épiceries ordinaires d'antan, tandis qu'aujourd'hui les supermarchés sont de vrais supermarchés. Je cherche le rayon laiterie dans la partie réfrigérée : lait au cacao, lait à la banane, lait aux fraises, lait aux dattes, lait au miel, lait au café, lait au nescafé, lait au chocolat, lait… après s'être emparé d'une briquette de lait aux fraises, Samyar tend le bras vers les bonbons en me jetant un long regard. Jamais de la vie, lui dis-je. Il me demande s'il peut alors prendre une deuxième briquette de lait ? Je lui réponds qu'il peut en prendre autant qu'il veut, au même instant je me rappelle l'avoir allaité deux années entières. J'ai moi-même du mal à le croire, deux années entières, pour qu'il ait des os solides, pour qu'il ne soit pas infirme… et si elle cherchait Farid Rahdar…

Je dis au psy : « Farid Rahdar était amoureux de Gandom, moi il me détestait. »

« Comment le sais-tu ? » demanda le psy.

C'est vrai, comment le savais-je ? Farid Rahdar ne me regardait pas ni ne m'adressait la parole.

Je répondis : « Une personne qui ne vous regarde pas et ne vous parle pas, il est fort probable qu'elle vous déteste. »

En sortant du supermarché, je prends la main de Samyar et me dirige vers le kiosque à journaux… tout le monde à l'université connaissait Farid Rahdar, avec ses jeans troués, ses t-shirts délavés, ses cheveux longs et son sac à dos trop rempli. Le nombre de ses amantes était proportionnel à la longueur de sa pilosité. Alors, cette imbécile de Gandom… cette imbécile de Gandom… si j'avais eu le courage… si j'avais eu le courage… mais tu ne l'as pas eu et maintenant il est trop tard pour ça…

Je dis au psy : « De gré ou de force, faites-moi accepter l'idée qu'abandonner Gandom fut un acte de courage plutôt qu'une décision motivée par la peur. »

Nous n'avons pas encore atteint le kiosque lorsque *bam…* *bam…* le fracas de deux grands *bam* emplit la rue. Samyar tire sur la manche de mon blouson en disant « Maman, maman… » Je reste interdite, incapable d'en croire mes yeux… l'arrière de ma BMW… l'arrière de ma belle voiture… imaginer que Samyar aurait pu être toujours assoupi sur la banquette arrière me met tellement hors de moi que je suis à deux doigts de me jeter sur le type qui descend du pick-up Nissan… c'est le destin et lorsqu'on pense avoir changé son cours, ce changement est encore le destin… vive le pipi… je comprends maintenant pourquoi on dit que toute action a des conséquences… l'avant de l'automobile Pride qui s'est enfoncée dans l'arrière de la Nissan est pratiquement détruit…

« Comment ai-je pu ne rien voir ? C'est pas possible, comment est-ce possible ? Comment une chose pareille est-elle possible ? Je n'ai donc vraiment rien vu ?... » est en train de répéter le conducteur de la Nissan.

Le type de la Pride, comme un taureau enragé par un insecte lui ayant pénétré la croupe, se met à vociférer : « Quel est le fils de... qui a garé sa voiture à cet endroit !? »

J'enlève mes lunettes et m'avance vers lui. De son côté, le type de la Nissan, en comprenant que c'est ma voiture, repart sur la même rengaine : « Pardonnez-moi madame, je suis confus, je ne sais vraiment pas comment c'est arrivé, comment j'ai pu ne pas voir votre voiture... »

En s'apercevant qu'il s'agit d'une femme, le type de la Pride pousse un beuglement tel que son gros bide paraît à deux doigts d'exploser. Il gueule : « Alors connasse, c'est ça l'endroit que tu as choisi pour garer ta voiture ? »

Il me faut moins d'une seconde pour réaliser que je ne suis pas énervée ni même gênée par la façon que cet homme a de s'adresser à moi. La seule chose qui me dérange est que Samyar soit présent et qu'il doive assister à ce genre de choses... et merde... l'idée n'est pas non plus que cet enfant grandisse dans une bulle et que demain il ne sache pas boutonner sa braguette tout seul. Je vais seulement devoir lui expliquer que si maman n'a pas répondu au monsieur ce n'est pas parce qu'elle a peur, c'est parce que ce type ne mérite pas qu'on lui réponde... arrête de tergiverser... je lui réponds : « Ferme-la sac à merde. »

Il fait quelques pas vers moi en déblatérant des insultes contre toute ma famille. L'automobiliste de la Nissan s'interpose : « Vous n'avez pas honte monsieur ! »... Le poing levé du conducteur de la Pride... le type de la Nissan bondit comme un ressort et se jette sur... l'expression de Samyar m'indique qu'il est inquiet. Je serre sa main dans la mienne tout en lui décochant un sourire et un clin d'œil… des passants – c'est-à-dire trois ou quatre hommes – interviennent finalement et séparent les deux automobilistes.

Le type de la Nissan, haletant, va chercher un paquet de cigarettes à l'intérieur de sa voiture et se met à fumer. Celui de la Pride, les traits du visage aussi tordus que l'avant de son véhicule, regarde celui-ci comme l'on regarderait le cadavre d'un être cher. Il n'avait pas encore enlevé le plastique qui protégeait la banquette du cadavre. Je suis prête à mettre ma main au feu qu'il fait partie de ces individus qui ne toucheront jamais au plastique à moins qu'il ne devienne complètement usé et rapiécé. Qui sait quelle poisse amena le malheureux à acheter ladite voiture… peut-être Keyvan a-t-il raison de penser que l'argent compte dans la vie. Peut-être a-t-il raison de dire que si on arrive à survivre dans ce pays ce sera uniquement pour finir sans le sou, pour nous retrouver un jour alités dans un hôpital public en attendant qu'on nous extraie l'estomac et les intestins par la gorge, pour avoir les jambes qui vacillent à la fin de chaque mois à l'idée du loyer à payer, ou pour être étouffés par la honte devant le regard de nos propres enfants… l'un des hommes qui sont intervenus et ont séparé les deux conducteurs appelle la police. Maintenant il faut attendre que la police arrive. Oh là là, me dis-je, je ne suis vraiment pas prête pour tout ça, ni pour la police ni pour l'assureur… pourquoi pas, en fait, peut-être que je suis prête. Si l'on n'avait pas de temps en temps un accident, si l'on n'était pas obligée d'aller de temps en temps chez son assureur et de payer des indemnisations ou de recevoir des indemnisations, notre vie n'en serait pas une… Gandom sourit… fort bien, me dis-je, je suis ce moi-ci, ce moi qui n'est pas moi, ce moi qui n'est pas toi, ce moi qui n'est pas lui, ce moi qui n'est pas vous, ce moi qui n'est pas nous… Gandom s'écroule de rire, elle rigole comme si ces balivernes étaient sorties de sa bouche… Samyar se met tout à coup à sautiller de droite à gauche et de gauche à droite. Au diable si on trouve cela inconvenant ou malpropre, je décide de m'asseoir sur le muret au bord de la chaussée pour reprendre mon souffle. Je me dis que si Samyar avait été endormi à l'arrière, il ne lui serait rien arrivé, il aurait uniquement eu une grosse frayeur et cela n'aurait peut-être pas été si mal, car il aurait alors finalement compris ce que le mot *accident* veut dire, ce que le mot *danger* veut dire, peut-être aurait-il également compris que quand bien même nous nous ne rentrons dans personne, il viendra toujours quelqu'un pour nous rentrer dedans. Quelle idée stupide, pensé-je ! Une grosse et soudaine frayeur peut transformer un individu et faire de lui un vrai pleutre, comme la mort de mon père qui a fait de moi une vraie peureuse…

Le psy demanda : « Pourquoi mènes-tu une guerre si acharnée contre tes peurs ? Pourquoi ne les acceptes-tu pas et ne te réconcilies-tu pas avec elles ? Peut-être, alors, qu'elles te laisseront tranquille. »

J'avais envie de répéter sa question en grimaçant : pourquoi n'acceptes-tu pas tes peur et ne te réconcilies-tu pas avec elles… pourquoi ? Pourquoi ? Pourquoi ? Si je savais pourquoi qu'est-ce que je serais en train de faire ici ?

Le type de la Nissan s'approche et s'assied à côté de moi sur le muret, si près de moi que je m'en étonne.

Il dit : « On vous fait perdre votre temps à vous et à votre fils. »

J'ai envie de lui répondre que pour perdre mon temps je suis une spécialiste…

« C'est rien », rétorqué-je.

Il dit : « Ça me dépasse que je n'aie pas réussi à voir votre voiture… pouvez-vous croire une chose pareille ? Je n'ai rien vu du tout… »

L'un pousse des jurons, l'autre essaye de se faire pardonner, franchement, à mes yeux, ils jouent tous la comédie. Il ne s'agit que de faire un choix, choisir quel rôle nous désirons jouer pendant notre vie : le rôle d'un abruti bien épais et mal dégrossi ou le rôle d'un homme élégant, bien élevé et affable… choisir… a-t-on vraiment le choix ? Chacun sait-il alors quel rôle il va jouer ?…

Je réponds : « C'est ma faute, je n'aurais pas dû me garer en double file. »

Peu importe que ce soit ma faute ou non, pensé-je… ô mon Dieu, peu importe que ce soit ma faute ou non… j'aimerais pouvoir répéter mille fois cette phrase dans ma tête. Peu importe que ce soit ma faute ou non, peu importe… je suis à deux doigts de sauter d'allégresse et d'embrasser ce type pour le remercier d'être rentré dans ma voiture.

« Ce n'est pas votre faute, c'est la mienne. Je ne sais pas comment j'ai pu ne rien voir, c'est vraiment pas croyable… »

Plus il répète cette phrase plus je perds patience. On s'en fout qu'il n'ait rien vu, qu'y a-t-il de surprenant à être aveuglé durant une seconde et à ne plus faire attention à ce qui se trouve devant nous. Exaspérée, je lui demande : « Pouvez-vous arrêter de répéter cette phrase ? »

Il me jette le regard d'un enfant que l'on gronde pour la première fois de sa vie. Exactement comme Samyar, le jour où il trempa ses mains dans la cuvette des toilettes européennes, je lui avais crié « Non ! », outrée, et il était resté sans comprendre… je ne suis pas du tout disposée à la commisération aujourd'hui, certes… mais le pauvre garçon a quand même pris des coups pour moi…

Je lui dis : « Ne vous inquiétez pas, je vous ai dit que c'était ma faute. Lorsque la police arrivera et saura que je me suis garée en double file vous n'aurez plus aucun problème, sinon vous rendre un de ces jours chez l'assureur et poireauter jusqu'à ce qu'ils vous indemnisent et, du reste, si l'on n'avait pas de temps à autre un accident, si l'on ne devait pas aller de temps à autre chez son assureur… » Je m'arrête au milieu de ma phrase. Mais pourquoi suis-je en train de lui resservir mes salades ?

« Vous disiez ? » dit-il.

Je reprends : « Lorsque la police arrivera et saura que je me suis garée en double file… »

Il m'interrompt : « Non, non, je ne parlais pas de ça. Et d'ailleurs, vous ne direz pas à la police que vous vous êtes garée en double file, je vous ai dit que c'était ma faute. Je veux dire, après. Ce que vous avez dit après. Si de temps à autre on quoi ?… »

Il faut croire que cette journée a tout décidé à mon insu…

« Si l'on n'avait pas de temps à autre un accident, si l'on ne devait pas aller de temps à autre chez son assureur, poireauter, payer des indemnisations ou en recevoir, notre vie n'en serait pas une », dis-je.

Il faut croire que cette journée a tout décidé à mon insu…

Il sourit et, avec un regard empreint de bonhomie, me fixe droit dans les yeux. « C'est vraiment ce que vous pensez ? »

Je réponds : « Je ne sais pas trop… de temps à autre je pense que je pense comme ça. »

Il rit à gorge déployée. Mon Dieu, on dirait un enfant. Le conducteur de la Pride nous regarde de travers. Je pouffe de rire avec celui de la Nissan pour le mettre encore plus hors de lui… il faut croire que cette journée a tout décidé à mon insu… pour dire vrai, j'ignore complètement ce qu'elle a décidé, mais je sais qu'elle a décidé quelque chose… Samyar demande si on peut rentrer à la maison ? Il dit qu'il veut regarder les dessins animés. Je réponds que tant que la police n'est pas arrivée nous ne pouvons pas partir.

Un homme passe la tête par la fenêtre de sa voiture et dit : « Eh, vous voulez pas ranger vos voitures sur le côté pour qu'on puisse avancer ? »

Personne ne fait attention à lui.

Je dis au psy…

Mon problème, mon problème, mon problème est d'avoir l'impression qu'il me manque quelque chose ou quelqu'un… peut-être les coups de téléphone de Mansur… ne dis pas de bêtises… peut-être Keyvan… encore des mots en l'air… peut-être mes bouteilles d'eau… rien ne me manque, rien ne me manque en ce monde… je regarde mon téléphone, Keyvan a appelé de nouveau. Je n'ai pas senti la vibration de mon téléphone. Laisse… sans doute que si je ne le rappelle pas il va s'inquiéter… laisse-le s'inquiéter un peu de temps à autre…

Je me lève…

Et je compose son numéro de téléphone…

Il veut savoir s'il achète un anorak pour Samyar ? Je réponds que non, il a déjà trop d'anoraks… je ne sais pas si je lui dis que j'ai eu un accident… je le lui dis. Il le prend mal. Subitement très sérieux, il veut savoir s'il ne nous est rien arrivé à Samyar et à moi. L'envie ne me manque pas de dire que Samyar est à l'hôpital. Peut-être alors s'inquiétera-t-il vraiment… je réponds que non, mais que l'arrière de la voiture est enfoncé. Il dit que ça n'a pas d'importance. Pourquoi devrais-je lui dire que j'étais garée en double file s'il est per-suadé que la voiture de derrière est coupable... je lui dis que c'est ma faute, que je me suis garée en double file. Et immé-diatement je réalise que c'est pour cette raison qu'il faut parler, parce qu'en disant les choses on se sent tout à coup exister, on se sent vivant... en parlant de soi, de notre culpabilité, de nos peurs, du plaisir éprouvé à les dire... il rétorque qu'il lui semble improbable que j'aie pu faire une chose pareille. Venant de moi il n'y a plus rien d'improbable, ai-je envie de lui dire... je me tais. La voie moyenne est la meilleure... quelque part entre la vérité et le mensonge... mes mots, mes mots... il dit que ça n'a pas d'importance, que main-tenant c'est fait. Il ajoute qu'il va immédiatement appeler Mansur pour qu'il vienne me chercher. Je lui réponds que je n'ai besoin de l'aide de personne. Il dit : non, pour avoir la conscience tranquille il appellera Mansur et lui demandera de venir. Puis il ajoute « fais attention à toi »... c'est drôle... fais attention à toi... hier, Mansur m'a dit la même chose, fais attention à toi... je me rassieds sur le muret au bord de la chaussée. Le conducteur de la Pride continue d'invectiver la terre, le destin, le ciel, le paradis, l'enfer, les profondeurs, les hauteurs, ici, là-bas, partout... pas de doute que l'automobi-liste de la Nissan et moi ne sommes pas épargnés.

Le psy demanda : « N'as-tu jamais essayé d'entrer en rela-tion avec Farid Rahdar ? »

Je dis à Gandom : « Tu peux me tuer, je n'irai jamais chez ce garçon. »

Simultanément, une aiguille me traversa le cœur à l'idée que Gandom y aille sans moi. La garce savait que je ne suis pas capable de prendre une décision, que chaque fois que je décide quelque chose je suis assaillie par le regret… comme la fois où elle posa devant moi deux pendentifs, l'un bleu et l'autre vert, suspendus à de fines chaînes en or, en me disant que sa grand-mère nous les offrait parce que nous avions été reçues au concours… un collier en or… je ne pouvais en croire mes yeux… de toute ma vie… et voilà que la grand-mère de Gandom m'avait également… je ne pouvais le croire… Samyar redemande si l'on peut rentrer à la maison. Je colle ma bouche à son oreille et lui murmure que s'il répète cette phrase une fois de plus… il dit d'accord, d'accord. En mon for intérieur je me dis que moi aussi j'ai terriblement envie de rentrer…

« Choisis celui que tu préfères », dit Gandom.

Je regardai les deux colliers ; le bleu ou le vert ? Je pris le bleu et, au même moment, le regrettai, me disant : si seulement j'avais choisi le vert, vert c'est plus beau que bleu… Samyar s'assied à mes côtés et pose sa tête contre mon bras. Le conducteur de la Nissan allume une autre cigarette. J'ai de nouveau envie de fumer, je me retiens.

Le psy dit : « Donc cela fait huit ans que, même en son absence, tu ne fumes plus à cause de ton mari. »

« Des raisons personnelles entrèrent probablement aussi en jeu, la cigarette me donnait la nausée par exemple », répondis-je.

Gandom dit : « Tu peux changer d'avis si tu n'es pas sûre. »

Je posai le bleu et pris le vert. Une fois encore, je le regrettai immédiatement. Je me dis que bleu était beaucoup plus beau que vert… dès que Mansur entendra la nouvelle il ne fait aucun doute qu'il viendra en courant prêter assistance à l'épouse de son associé, à l'épouse de son ami le plus cher.

« Si tu n'es toujours pas sûre tu peux encore changer d'avis », dit Gandom.

Maintenant je suffoquais, je devenais folle, je ne voulais ni l'un ni l'autre, pourquoi ne m'en étais-je pas tenue à mon premier choix ? Quelle différence cela pouvait-il bien faire ? Toujours insatisfaite, toujours insatisfaite.

Je répondis : « Je ne veux pas de collier. »

À ce moment je sus que je n'étais pas à la hauteur, j'avais démontré que je n'étais pas même capable de choisir entre deux pendentifs en or, je savais que… tout en expirant la fumée de sa cigarette, le conducteur de la Nissan dit : « D'ailleurs, si l'on ne se fait pas quitter de temps à autre par son épouse, si l'on n'est pas obligé d'aller au tribunal des familles et de poireauter jusqu'à ce qu'on nous paye des indemnités ou qu'on en paye nous-même…», il tire longuement sur le bout de sa cigarette. Être forcée de discuter de la vie privée des gens ou de réagir à ce qu'ils disent, en particulier avec des phrases éculées, m'est profondément désagréable. Il y a longtemps que je ne me sens plus capable d'être désolée lorsqu'une personne me dit en avoir quitté une autre, et d'ailleurs, si cet homme avait demandé pardon à son épouse avec autant d'insistance que tantôt, ça se saurait… je souris, alors, moi aussi lorsque je souris… avec malice je réponds : « Oui, mais seulement de temps à autre. »

Il éclate de rire à nouveau, avec le même regard empreint de bonhomie… on dirait qu'il veut me prendre dans ses bras pour avoir garé ma voiture en double file, pour lui avoir donné l'occasion de me rentrer dedans et d'apprendre que si de temps à autre…

« Tu n'es vraiment pas capable de choisir entre ces deux colliers ? » demanda Gandom.

Cette Gandom est parfois cruelle, trop cruelle, pensai-je… je referme ma main autour du bras de Samyar et le presse contre moi. Je pense à combien je suis parfois cruelle, trop cruelle…

« Vu que tu ne peux pas choisir, prends-les tous les deux, allez, ils sont à toi. »

Je répondis : « Je n'en veux pas, je ne veux pas de collier. »

« Arrête tes bêtises, rétorqua-t-elle, lorsqu'on te dit *les deux sont à toi*, prends le tout sans tergiverser. »

Je me mis à pleurer. Tout chez elle me faisait pleurer. « Je n'en veux pas, ils sont à toi, ils sont tous les deux à toi. »

Le conducteur de la Nissan dit : « On dirait que vous avez eu un autre accident avant celui-ci. »

Je ne comprends pas où il veut en venir, « Pardon ? »

Du bout du doigt il pointe vers son œil. Ah… je dis : « Si de temps à autre on n'a pas un bleu, si de temps à autre… »

On pouffe de rire ensemble.

« Oui, mais seulement de temps à autre », dit-il.

Mais quand est-ce qu'elle arrive la police alors, demande Samyar… c'est vrai, on se demande ce qu'elle est en train de faire.

Gandom referma sa main autour de mon bras, approcha lentement sa tête de la mienne et dit : « Nous pouvons les utiliser chacune à notre tour. »

Je songeai que l'idée de partager quelque chose avec Gandom me mettait mal à l'aise.

Le conducteur de la Nissan alluma une autre cigarette. « Pouvez-vous m'en offrir une ? » demandé-je.

Il me tend le paquet : « Je vous en prie. »

Je prends une cigarette. Il veut me donner son briquet. Je réponds : « Je ne vais pas la fumer tout de suite. »

Je fais tourner la belle cigarette blanche entre mes doigts…
Keyvan ne savait pas que je fumais, c'est vraiment un âne.
Qu'y avait-il à faire hormis fumer pour les ratées comme
moi ?…

Je dis à Gandom : « Même si tu me tues je n'irai pas chez
ce garçon. »

« Comme de nous deux c'est moi qui ai le plus de jugeote,
c'est moi qui décide, pas toi », répondit-elle.

Elle savait que je n'étais pas capable de prendre une décision, elle savait que je regrettais toutes les décisions que je
prenais.

Je dis au psy : « Les cigarettes, Gandom, Farid Rahdar et
ma propre personne me donnent la nausée. »

Gandom dit : « Si une fois encore tu décides de fumer
autant de cigarettes, je ne t'emmènerai plus chez Farid
Rahdar. »

« Ça te regarde ? » rétorquai-je.

C'était la première fois que je disais cela à Gandom.

Gandom posa son regard fixement sur moi. Mon Dieu,
que cette fille était folle. Elle me regarda avec admiration et
dit : « Peu importe que cela me regarde ou non, je ne t'emmènerai plus, car je sais que ces cigarettes te dégoûtent. Les
fumer est tout ce que tu sais faire. »

« Ça ne te regarde pas non plus », répondis-je.

Cette fois, il n'y avait aucune admiration dans son regard
lorsqu'elle dit : « La première fois tu ne rigolais pas, mais cette
fois-ci c'est du pipeau. »

Samyar dit qu'il a besoin de faire pipi. Oh… je lui
demande « Rien d'autre ? » Il dit que oui, il a aussi besoin de
faire le reste. Et maintenant comment vais-je surmonter cette

difficulté-là… en scrutant les environs une étincelle se produit subitement dans mon esprit… quelle aubaine d'avoir une tête qui fonctionne… je me lève, range la cigarette à l'intérieur de mon sac et dis au conducteur de la Nissan, interloqué, que je dois emmener mon fils aux toilettes… mon fils… parfois encore, en disant *mon fils*, je me sens remplie d'une vanité imbécile.

« Moi je ne suis pas comme toi, dis-je à Gandom, je dois me marier. Si je laisse Keyvan peut-être que jamais personne ne m'épousera. »

« Le mariage et, après, les enfants », ajouta-t-elle.

« Ce n'est pas un problème », répondis-je.

Elle dit : « Le problème est que tu ne te connais pas toi-même. »

Je prends la main de Samyar et le fais traverser la rue. Je me dis : je ne me connais pas, tu ne me connais pas, il ne me connaît pas, nous ne me connaissons pas, vous ne me… dire parfois des bêtises de ce genre vaut tous les plaisirs du monde.

5

Devant la porte je décoche au concierge un sourire à la Gandom. Alors, moi aussi, lorsque je souris… je demande si je peux emmener mon fils aux toilettes… je me dis qu'à tous les coups il va dire non… il baisse le regard vers Samyar et pointe vers le premier bâtiment : « Laissez votre carte d'identité et allez-y. »

Mon permis de conduire… mon permis de conduire… je finis par le trouver au milieu de toutes les choses pêle-mêle dans mon sac et je le lui donne. Heureusement, Samyar est assez petit pour qu'on ne lui refuse pas encore l'accès à un dortoir de filles. S'il avait un ou deux ans de plus… évidemment, nous sommes une nation sérieuse, il n'est pas coutume d'entendre dire qu'un garçon âgé de sept-huit ans puisse…

Au-dessus de la porte d'entrée du premier bâtiment, les mêmes tissus blancs où est écrit : Grand congrès du sida, le sida est près de vous… je m'immobilise. Me voilà donc bien de retour après quinze ans, pensé-je… Samyar demande où on est ici. Je me le demande, où est-on ici ? On dirait que tout est comme avant et que rien n'est comme avant… en d'autres mots, y a-t-il quelque chose de changé dans ce dortoir ou bien y a-t-il, après toutes ces années, quelque chose de changé en moi qui explique mon impression dès mes premiers pas dans ce long corridor ?... Ces dalles sont-elles les mêmes dalles de pierre ? Ce bruit de pas contre les dalles est-il le même bruit que faisait le pas de Gandom... mon cœur s'arrête de battre durant un instant, peut-être qu'il s'arrête de battre durant un instant, on dirait qu'il s'arrête de battre durant un instant... car je peux respirer, car je peux marcher, car je peux prendre la main de Samyar et le tirer vers le bout du corridor, là où sont les toilettes... aux dires de madame Hakimi, jamais elle n'aurait pu monter et descendre ces marches comme les autres enfants...

Je dis au psy : « Il aurait fallu que vous voyiez madame Hakimi, avec son long tchador noir qui l'enveloppait de la tête aux pieds et un autre voile plus court autour de son visage âpre, il aurait fallu que vous voyiez comment elle tourmentait tous les élèves, à l'exception de Gandom. »

Les toilettes iraniennes sont si peu pratiques, d'autant plus lorsque l'on n'est pas chez soi. Il faut que je lui enlève ses chaussures, en faisant attention que ses chaussettes ne touchent pas le carrelage sale, puis son pantalon et son caleçon, en dernier je dois le rechausser pour qu'il aille s'accroupir. J'espère qu'il n'est pas constipé ; quand cela arrive il n'arrête pas de se relever afin de pallier à l'engourdissement de ses jambes.

« Où étais-tu hier soir ? » demanda madame Hakimi à Gandom.

D'un ton obséquieux, Gandom répondit : « Est-ce parce que vous ne pouvez pas vous passer de nous que vous me reposez la question, alors même que nous avons rempli le formulaire de sortie et que je vous ai dit que nous étions chez l'ami de mon père ? »

Madame Hakimi tourna son regard vers moi... pourquoi en regardant Gandom on aurait dit qu'elle esquissait un sourire et en me regardant moi on aurait dit qu'elle se renfrognait ? Non que les traits de son visage eussent vraiment changé, mais j'avais du moins cette impression. Et puis, pourquoi chaque fois qu'elle demandait quelque chose à Gandom tournait-elle immédiatement son regard vers moi ?... Subitement je fus à nouveau tentée de dire : elle vous ment, elle vous dit des mensonges la Gandom... comme si cela aurait pu lui faire quelque chose que madame Hakimi la tienne pour menteuse... je me mets dos au miroir afin de ne pas voir mon reflet, de ne pas voir le bleu autour de mon œil, ni ces rides qui s'approfondissent, ni... mais comment Farid Rahdar pouvait-il, au moyen de son seul regard, sourire, froncer les sourcils, rire, s'attendrir ou maugréer ? Je ne sais pas comment il pouvait autant parler avec les yeux. Maintenant je ne baissais plus la tête, je me tenais la tête haute et voyais comment Farid Rahdar souriait à Gandom du regard et la remerciait d'être venue... au moment où je me retourne et me retrouve nez à nez avec moi-même dans le miroir, deux filles entrent en s'esclaffant. Je ferme la porte de la cabine de toilettes où se trouve Samyar. L'une d'entre elles entre dans la cabine du milieu, l'autre s'arrête devant la glace et s'occupe de son visage... si seulement ce foutu miroir n'était pas là... la jeune fille examine son nez refait sous toutes les coutures comme si elle caressait des yeux un être cher. Dommage qu'elle ne puisse s'arranger le nez, pensé-je, car sinon... où ai-je lu que soi-disant les femmes prennent conscience de leur vieillissement en regardant les filles plus jeunes qu'elles.

Je dis au psy : « Il faut que je relise tous ces livres depuis le début, tous. »

« Qu'est-ce qui te fait croire cela ? » demanda-t-il.

Mais oui, pourquoi se met-on dans la tête qu'on doit relire depuis le début tous les livres qu'on a déjà lus ?

Je répondis : « Tous ces livres je les lisais sans rien y comprendre, uniquement parce que Gandom me disait de le faire. Maintenant je veux comprendre, je veux comprendre ce que cela signifie d'être libérée des chaînes de la dépendance. »

J'entrebâille la porte de la cabine où se trouve Samyar. Je le vois, debout, en train d'examiner les selles jaunâtres qui ont reconduit mes pas dans ce dortoir… « Tu as fini ? »

Il fait non de la tête. Je referme la porte.

Le psy dit étonné : « Être libérée des chaînes de la dépendance ?! »

« N'avez-vous pas lu le livre *Adieu, Gary Cooper* ? À en croire Gandom, la première partie est un chef-d'œuvre. »

Au même instant je réalisai à quel point ma question était stupide. Mais sachant que le psy avait déjà fait beaucoup de questions de ce genre, je pouvais bien en faire une moi aussi.

Dieu merci, les deux filles s'en vont. Je ne crois pas avoir en ce moment la patience ni la disposition requises pour être avec des jeunes filles… « Oh là là, tu es bien partie pour devenir l'une de ces vieilles râleuses… » Peut-être ai-je finalement la patience et la disposition requises pour être avec des jeunes filles, si de temps à autre on n'a pas…

Gandom demanda à Farid Rahdar : « C'est fou comme on se ressemble, non ? »

Cette phrase me mettait hors de moi… on se ressemble, non ?… bon sang… Farid Rahdar ne se souciait pas le moins du monde de notre ressemblance… Samyar dit qu'il a fait ce qu'il avait à faire. Maintenant il faut que je le lave, que je le déchausse à nouveau, en faisant attention que ses chaussettes ne touchent pas le carrelage sale, que je lui fasse enfiler son caleçon et son pantalon, et puis finalement ses chaussures… comment Farid Rahdar pouvait-il donc vivre dans cette maison ? Dans cette vieille demeure que le plus léger séisme aurait aisément fait s'écrouler sur ses fondations pourries, dans cette immense maison nue à demi plongée dans l'obscurité où l'on avait l'impression d'y voir tout le monde sans y voir personne…

Je dis au psy : « Chez Farid Rahdar les uns et les autres bâillaient, se faisaient des blagues, dansaient, tandis que moi je fumais. »

Je n'aurais jamais cru qu'il était possible de danser de la sorte ailleurs que dans les films, se contorsionner de la sorte avec tout son corps, avec les mains, les épaules, le dos, le bassin et les jambes… en face d'un garçon par-dessus le marché. Les garçons dansent-ils eux aussi ? eux aussi ? me demandais-je… Je les regarde sortir toutes les deux pendant que je me lave les mains… Pourquoi, de tous ces gens, Gandom était la seule à me voir ? Pourquoi, au beau milieu de ces gens qui dansaient, Gandom était la seule à s'approcher de moi ? Et pourquoi donc – au moment où j'allais prendre la main de Gandom dans la mienne et que Farid Rahdar s'interposait, prenait sa main, la tirait vers lui et l'emportait – pourquoi avais-je subitement l'impression que la main qui était prise, tirée et emportée était possiblement la mienne ? Pourtant, lorsque je baissais le regard, je voyais alors ma main, ma main qui n'avait été ni prise, ni tirée, ni emportée… comme d'habitude pas de papier pour se sécher les mains. J'ignore pourquoi dans ce pays les toilettes publiques sont si mal tenues, même les toilettes des dortoirs… oui madame Gandom, après les salles de bains domestiques et les bains publics, j'en suis arrivée à me demander pourquoi donc les toilettes… je sèche mes mains contre mon manteau.

Pas un chat dans le couloir. Je regarde les portes couleur crème qui se suivent de chaque côté et deux réfrigérateurs délavés qui ont l'air orphelins. J'en ouvre un. Rien n'a changé, ses parois sont recouvertes de glace et il est plein à ras bord de choses entassées les unes sur les autres… je passe devant la cuisine vide et nue, je prends la main de Samyar, et, sans la moindre hésitation, je me dirige vers la porte du fond qui mène à la cour du dortoir… je vois Gandom qui fait rebondir un ballon de basket sur le sol, puis qui d'un seul coup l'attrape et le lance vers le panier : le ballon ricoche contre le panneau, et filet… je vois Gandom qui, le soir, court en cercle dans la cour : un tour, deux tours, trois tours… dix tours… elle ne se fatigue pas la Gandom, elle arrive au dortoir dégoulinante de sueur et dit que maintenant c'est l'heure de la douche… Samyar a étendu les bras et, tout en marchant, s'incline vers la droite puis vers la gauche… comme un oiseau en train de planer… qui n'est pas vraiment en train de planer… un oiseau faisant uniquement semblant de planer sur la terre ferme… et maintenant le voilà qui court, qui court comme s'il s'en était remis au destin… je tourne la tête et ne le vois pas tomber. Je suis sûre qu'il n'est pas capable de pleurer, de se relever, de secouer son pantalon et de se remettre à courir… serait-ce que les garçons dansent eux aussi, serait-ce que les garçons eux aussi ont peur ? me demandais-je… finalement il se relève, secoue son pantalon et se remet à courir… n'attend-on pas des garçons qu'ils deviennent des hommes le plus tôt possible et renâclent sous le fardeau de la vie en silence…

Je dis au médecin : « Nous étions tellement heureuses d'êtres allées à Téhéran après la fin de la guerre. »
« J'avais honte de ma joie mais, à Gandom, cela était égal. »

Des shorts, des soutiens-gorges, des serviettes de douche, des t-shirts et des pantalons de couleur sont suspendus comme ça aux balcons… était-ce une plaisanterie ? Pouvait-on vivre à Téhéran durant ces années ? Pouvait-on être à chaque instant dans la crainte que quelque chose arrive ?… La sirène rouge… l'obscurité… les explosions… la chance ou la poisse… où tombera la bombe… le tour de qui à présent… c'est le destin, et lorsqu'on pense avoir changé son cours… et puis voilà que maintenant les garçons dansaient… et puis voilà que, tous les jours, on convoyait et on enterrait des martyrs démembrés de la guerre de huit ans entre l'Iran et l'Irak, on les convoyait et on les enterrait, on les convoyait et on les enterrait, on les convoyait et on les enterrait en si grand nombre que personne ne se souvenait plus que ces choses convoyées et enterrées en si grand nombre étaient des hommes… le bâtiment trois… c'était quelle fenêtre ?… Je vois Gandom, assise au bord de la fenêtre, les yeux fixés dans le vide. « Mais peut-on ne pas être à la fois le premier et le dernier amour ? » demandai-je.
Elle me regarda, comme si elle eût regardé une idéaliste stupide, une chercheuse d'absolu idiote, et répondit : « Est-ce mieux d'être choisie parmi une multitude de filles ou de l'être quand il n'y a pas le choix ? »
Je ne comprenais pas. Je ne comprenais rien à ce genre de choses, je n'entendais rien à ces phrases, à ces gestes, à ces

principes, à ces films… Gandom se considérait une artiste, mais comment alors pouvait-elle poser sa main dans une main qui en avait peut-être pris tant d'autres auparavant, écouter les mots qui avaient peut-être été susurrés dans l'oreille de tant d'autres auparavant… je dis à Samyar de me suivre. Il me demande si on ne peut pas courir encore un peu ? Je réponds que non, ce n'est pas possible… et puis voilà que maintenant Gandom dansait… où avait-elle donc appris une chose pareille ? Alors même qu'elle était fille de propriétaires, que les toilettes de chez elle étaient propres et qu'elle n'allait pas aux bains publics, comment avait-elle pu finir par commettre de telles erreurs ?… Je regarde un papier collé au mur du corridor : si vous êtes à la recherche d'énergie positive et de vos pierres zodiacales, nous vous attendons, de 18 h à 22 h, dans la chambre numéro… je monte à toutes jambes les marches des étages supérieurs. Samyar aussi court derrière moi… il est donc toujours possible de ne pas monter et descendre ces escaliers comme les autres enfants… à peine arrivée en haut, je redescends les escaliers en courant. En me voyant, Samyar s'arrête là où il est et fait demi-tour… il est donc toujours possible… à peine arrivée en bas je rebrousse chemin et monte à toutes jambes. Samyar éclate de rire, il ne sait plus s'il faut monter ou descendre… il est donc toujours possible… à peine arrivée en haut je redescends en courant. Une fille avec un jean court et un t-shirt au ras du nombril… de mon temps on ne portait pas ce genre d'habits à l'intérieur du dortoir… elle me demande : « Qu'est-ce qu'il y a ? Ça va pas ? »

À peine arrivée en bas je remonte en courant… donc, donc, donc… ce coup-ci, je m'arrête une fois en haut et reprends mon souffle jusqu'à ce que Samyar me rejoigne. Je traverse le couloir… 210… 211… 212… et m'immobilise devant la porte… était-ce bien cette chambre ? Je suis sûre que c'était cette chambre, peut-être était-ce cette chambre, on dirait que c'était cette chambre… Samyar me demande : « Où on est ici ? » Je pose mon doigt sur mes lèvres et lui dis « chut ».

Je dis au psy : « Dès le premier jour des cours à l'université j'enlevais mon tchador, ce tchador dans lequel le vent s'engouffrait et que j'avais retenu entre deux doigts. »

Je frappe à la porte.
De l'autre côté une voix grêle répond : « Qui est-ce ? »
« Pourriez-vous m'ouvrir s'il vous plaît ? »
La porte s'ouvre. C'est une jeune fille blonde. L'une de ces poupées chétives et livides qui font tout pour conserver la pâleur de leurs lèvres et de leurs joues.
« Oui ? » dit-elle.
Je me demande si cette voix vient bien de sa bouche.
« Est-ce que je peux jeter un coup d'œil à votre chambre ? »
Elle semble décontenancée.
« Pardon ? » dit-elle.
« J'ai vécu quatre ans dans cette chambre à l'époque où j'étais étudiante. »
Elle me regarde l'air de dire « Bon et alors ? ».
« J'aurais aimé voir cette chambre une dernière fois. »
Elle tourne son regard vers Samyar, puis vers moi. Elle hésite.
« Si vous ne voulez pas… » dis-je.
Elle s'écarte du seuil et répond : « Entrez, je vous en prie. »
Dans la chambre, une seconde fille – la copie conforme de la première mais en brune – est en train de parler au téléphone. Elle nous fait immédiatement signe de ne pas faire de bruit. D'une voix maniérée elle reprend : « Oui, tu disais… »

Son amie s'approche de moi et me susurre à l'oreille :
« Faites comme chez vous. »

Je ne sais pas s'il faut que j'enlève mes chaussures, mais
comme il ne faut pas parler… je pointe mes chaussures du
doigt. Elle hausse les épaules. Bon, je peux entrer. Samyar
reste sur le seuil et contemple les deux filles, ébahi… on
dirait que tout est comme avant et que rien n'est comme
avant, est-ce la chambre qui a changé ou est-ce moi qui après
toutes ces années… pourquoi imaginais-je que j'allais revoir
la même chambre, les mêmes lits avec les mêmes couvertures,
les mêmes bibliothèques avec les mêmes livres, les mêmes
tables avec les mêmes chaises, les mêmes commodes avec les
mêmes vêtements, les mêmes casseroles, les mêmes bols et les
mêmes gens… ma chambre… comme s'il n'y avait que moi et
Gandom, comme si, comme au lycée, il n'y avait pas d'autres
filles, pas de Mitra… de fait il n'y avait pas de Mitra… comme
s'il n'y avait pas de Ladan gourmande et médisante, ou de
Suzanne assise toute la journée dans un coin, se récitant des
poèmes en larmoyant jusqu'à ce que Gandom n'en puisse
plus. D'après elle, on ne devait pas verser de larmes en récitant un poème, mais s'envoler et crever les limites de la terre
et du ciel…

« Au lieu de lui raconter des salades, dis-lui la vérité tout
simplement. Qu'est-ce que tu veux ? » dit la fille brune.

La blonde rit silencieusement. Samyar est toujours immobile au même endroit, observant les deux filles. La blonde
désigne la table et la chaise les plus proches. Samyar s'avance
et s'assied. Elle pose un plat de biscuits devant lui… pourquoi
imaginais-je que j'allais entendre la même musique, celle-là
même qu'il fallait alors écouter en cachette tandis qu'aujourd'hui plus rien ne nous retient…

« Et Sahar alors ? Ne me dis pas que tu t'es séparé d'elle ? »
reprend la fille brune.

Pourquoi imaginais-je que j'allais revoir les mêmes carica-
tures sur les murs ? Celles que dessinait Gandom et dont les
visages avaient les yeux à la place du nez, le nez à la place de
la bouche et la bouche à la place des yeux…

Je dis à Gandom : « Comme si tu ne pouvais pas te trouver
un garçon comme il faut. »

« "Comme il faut" est bien la seule expression que je ne
trouve pas comme il faut », répondit Gandom.

La fille brune éclate de rire au téléphone, d'un rire sensuel.
« D'accord, si tu veux je t'appellerai, mais fais attention que
Sahar ne l'apprenne pas. »

La fille blonde s'empare d'un coussin et le presse contre
son visage pour étouffer le bruit de son rire. La brune raccroche et interroge son amie du regard, l'air de dire « C'est
qui celle-là ? ». Son amie lui murmure quelque chose à voix
basse. Je prétends ne pas faire attention à elles… qu'importe
si aujourd'hui tous les gamins sont pendus à leur téléphone,
me dis-je… maintenant la fille brune me regarde comme si
elle voulait me parler de la nostalgie ! Éprouve-t-on encore
de la nostalgie aujourd'hui ? Elle me regarde comme si elle
voulait me dire que la vie, dans ses grands yeux noirs, dans ses
lèvres stupéfaites et pâlies, dans ses seins protubérants, dans ses
hanches étroites, ne durera qu'un instant… comme si elle voulait me dire qu'après vingt ans passés en enfer il ne leur reste
plus que le rire, qu'après toutes ces années elles ont compris
qu'il leur fallait profiter de chaque instant. Les voilà toutes
devenues des Gandom… des Gandom de contrefaçon… je
soupire et sors sur le balcon. Je regarde cet espace minuscule
et me rappelle comment, dans les moments où tout allait mal,
je m'y faisais à grand-peine une petite place et y sanglotais

longuement, et comment Gandom m'y rejoignait et me serrait fermement entre ses bras… on m'avait dit que la première nuit dans la tombe est la plus dure de toutes les nuits, que cette nuit-là les morts ne doivent pas rester seuls, on m'avait dit que des récitants avaient été envoyés sur la tombe de mon père pour lui lire le Coran jusqu'au matin, pour lui procurer le repos… ô malheur, s'il a besoin de repos c'est donc que le mort n'est pas mort, que le mort ressent tout, terre, fourmis, cafards et serpents venimeux…

Je dis à Gandom : « Il est impossible de ne pas songer à la mort, au paradis, à l'enfer, et au tourment qui nous sera réservé dans l'au-delà. »

« Donc pour le repos d'Orman et d'Orash aussi ils ont envoyé des récitants ? Alors à eux aussi l'ange de la mort a rendu visite ? Donc… » demandai-je en sanglotant.

Gandom posa tendrement les paumes de ses mains contre mes tempes. Oh quels yeux… je lui dis : « Ta place est au centre de l'enfer, au centre de l'enfer. »

Lentement elle déposa un baiser sur ma joue, sur mes larmes…

Je lui dis : « Quelle injustice ce serait si toi et moi nous devions aller ensemble en enfer. »

Elle regarda le ciel, le même ciel qu'aujourd'hui, et répondit : « Dieu n'est pas comme ça. »

Je voulais lui dire que mon Dieu, lui, est bien comme ça, le Dieu que l'on m'a montré est comme ça. Je savais, je savais que chaque fois qu'elle regardait le ciel elle voyait Dieu d'une manière différente, que chaque fois elle faisait un avec le ciel, elle faisait un avec le monde, elle devenait le monde et le monde Gandom… je posai ma main dans la sienne. Sa présence valait toujours mieux que son absence, sa présence avec les tourments qu'elle me faisait subir et, peut-être aussi, avec les tourments que je me faisais subir… je scrute le ciel, m'est-il donc possible de regarder le même ciel que celui que regardait Gandom, m'est-il donc possible de faire un avec le monde et, au moment où je deviendrai le monde et où le monde deviendra moi, de voir Dieu de la même façon que Gandom ?

Je dis au psy : « Comme si je m'étais perdue il y a plusieurs années, comme si je m'étais perdue dans le ciel noir étoilé de Zahedan. »

Je pose tendrement les paumes de mes mains contre mes tempes et je ravale ma haine, je la ravale, puis je retourne dans la chambre… on dirait que les filles sont en train de bavarder avec Samyar… cette chambre n'est plus ma chambre… je leur dis en souriant : « Excusez-moi de vous avoir fait perdre votre temps. »

« C'était un plaisir. Quel garçon adorable vous avez ! » répond la fille brune.

L'autre ajoute : « Une vraie crème ! »

« Merci beaucoup ».

Alors que je suis sur le point de sortir, je m'arrête et demande à la fille blonde : « C'est vous Sahar ? »

Les yeux des deux filles s'ouvrent grand, elles éclatent de rire, la fille blonde répond : « Oui. »

Elles s'amusent, me dis-je… peu importe que leurs heures soient comptées, ce qui importe est qu'elles s'amusent, il n'y a rien de mal à ce que les gens adoptent une certaine décontraction dans leurs rapports, il n'y a rien de mal à ce que les gens se sentent suffisamment bien dans leur peau pour se divertir dans le cadre de leurs relations avec autrui…

Je prends la main de Samyar et quitte la chambre… ce couloir n'est plus mon couloir… je prends Samyar dans mes bras et descends les escaliers à toutes jambes… il noue ses petites mains derrière ma nuque, je plonge le nez dans son cou, il s'en dégage l'odeur de la vie… ces escaliers ne sont plus mes escaliers… je pose Samyar dans la cour du dortoir et reprends mon souffle… les fois où je restais seule, quand Gandom partait à Zahedan entre deux semestres, étaient vraiment pénibles… il n'y avait plus de Gandom ni de Farid Rahdar. Je savais qu'elle rendrait visite à ma mère à Zahedan, je savais que ma mère, pareille à un vieux chiffon, était tous les jours, du matin au soir, prostrée sur son tapis, je savais que chaque fois que de ses yeux flétris elle apercevait Gandom, chaque fois qu'elle l'embrassait de sa bouche écumeuse, chaque fois qu'elle prenait ses mains propres et délicates dans les siennes, sales et souillées, et qu'elle pleurait, ma mère croyait qu'il s'agissait de moi et non pas de Gandom, elle croyait que cette belle dame, bien habillée, qui laissait timidement quelques billets dans le pli de sa tunique, était sa propre fille. Je savais que Gandom avait tellement de peine à la vue de ce spectacle qu'elle n'avait pas le cœur de dire à ma mère qu'il ne s'agissait pas de moi, de lui dire qu'elle était Gandom, cette amie dont ma mère n'avait jamais entendu parler, dont ma mère jamais…

Le psy dit : « Je serais curieux de voir cette amie… une photo, quelque chose… »

Je m'interrompis.

« Lorsque nous étions à Zahedan nous ne prenions pas de photos ensemble… » répondis-je.

Je m'interrompis.

Puis ajoutai : « Toutes les photos prises à l'époque où nous étions étudiantes je les ai déchirées au moment de notre séparation…»

Je m'interrompis.

Puis ajoutai : « Toutes les photos… hormis une seule. »

Le psy me fixa avec curiosité.

« Ce n'est pas une photo de Gandom et de moi, c'est une photo de Gandom et de Farid. »

Je prends la main de Samyar et cours jusqu'à la porte du dortoir… ce dortoir n'est plus mon dortoir.

6

La Mercedes bordeaux est la première chose que j'aperçois de l'autre côté de la rue. Comment Mansur a-t-il trouvé une si bonne place ? Je l'ignore. Il est improbable que son argent lui ait facilité la tâche, ou bien, pourquoi pas en fait ? Il ne se passe pas un jour sans qu'il ne tire parti de sa fortune pour se faciliter la vie. Le soleil est en train de se coucher. Je mets mes lunettes, prends la main de Samyar et traverse la rue avec lui... pourquoi croyais-je avoir laissé ce dortoir derrière moi alors qu'il n'en était rien ? En tous les cas, maintenant je le laisse à la garde de Dieu, je le laisse à celles dont le tour est venu, tandis que moi je m'en vais vers ce qui m'attend... où ?... Mansur parle avec l'agent de police. Qu'est-ce que ça peut me faire s'il veut arranger les choses à sa façon ?... À peine m'aperçoit-il qu'il m'appelle à voix haute « la perle de Téhéran »... sa face tranchante, yeux, oreilles, nez et menton... pourquoi Mansur ne sait-il parler qu'avec sa langue ? Pourquoi ne peut-il utiliser ses yeux ?... Samyar saute dans les bras de Mansur et dit « Bonjour tonton Mansur. »

Rien ne m'énerve davantage que d'entendre les enfants dire *tonton* ou *tata* à des amis de leurs parents... tonton Mansur, tata Kati... des adultes mielleux et de mauvais goût mettent ces expressions dans la bouche des enfants pour leur faire croire que nous appartenons tous à la même famille. Il suffit de mettre quelque chose dans la bouche d'un enfant pour que... le conducteur de la Nissan laisse éclater une joie telle en m'apercevant que l'on dirait qu'il ne m'a pas vue depuis six mois. Mansur le regarde de travers... les trois voitures sont toujours collées les unes aux autres au milieu de la chaussée... si la police des mœurs voyait une chose pareille qui sait ce qu'elle ferait... l'agent de police dessine à toute vitesse le croquis pour que nous puissions partir et libérer la voie. Mansur s'approche de moi en souriant... qu'est-ce que ces deux-là ont raconté à la police ? Qui est responsable en fin de compte ?... Mansur se tient si près de moi que j'ai l'impression que d'un instant à l'autre il va entrer dans ma bouche.

« Ça va ? »

Je m'écarte un peu et dis : « Oui. »

« Pourquoi ne m'as-tu pas appelé toi-même ? » demande-t-il.

« Keyvan a appelé sans réfléchir. T'impliquer dans cette histoire n'était pas nécessaire. »

« Cela fait longtemps que je suis impliqué dans cette histoire », me susurre-t-il à l'oreille.

Dès qu'il parle il me donne la nausée. Si seulement il s'en rendait compte et se taisait plus souvent. Le conducteur de la Nissan s'est éloigné, peut-être de crainte de nous causer de l'embarras. Celui de la Pride est appuyé à la carcasse de sa voiture comme il l'eût été si sa bien-aimée était morte et que rien ne pouvait la faire revenir... je me dis que je suis obligée d'enlever mes lunettes... non, je ne suis pas obligée d'enlever mes lunettes... pourquoi y serais-je obligée ?... Non je ne le suis pas... j'enlève mes lunettes et m'approche du policier. L'agent me donne l'un des trois exemplaires du croquis qu'il a dessiné pour l'assureur, il en donne un autre au conducteur de la Nissan, et un autre au conducteur de la Pride… je ne suis pas coupable, celui qui était derrière moi l'est de même que celui qui était derrière derrière moi… mais moi je ne suis pas coupable… à l'instant même où je m'étais persuadée qu'être coupable n'a aucune importance j'apprends que je ne suis pas coupable…

Je dis au psy : « Je suis coupable. Un sentiment de culpabilité m'oppresse parfois. »

Mansur me donne la télécommande en désignant sa Mercedes bordeaux dernier cri et dit : « Prends ma voiture, moi je ramène la tienne. »

Il est dommage que le conducteur de la Pride soit déclaré responsable alors que ce n'est pas lui…

Je réponds : « Bénie soit ta nouvelle voiture. »

Il s'approche de moi, plus près, comme s'il voulait de nouveau entrer dans ma bouche. Il examine mon visage, mon œil gauche, puis il frappe la paume de sa main contre son front. Je l'interromps avant qu'il ne puisse dire quoi que ce soit : « Ne fais pas attention à ça, ce n'est rien. »

Il agite furieusement les mains en l'air et, juste avant qu'il ne parle, le conducteur de la Nissan s'avance une deuxième fois en disant : « Nous nous verrons donc demain au bureau de l'assureur. »

« Certainement », rétorqué-je. Certainement ? me dis-je presque immédiatement… non, il n'y a là rien de certain… peut-être… probablement… il semblerait que…

Le psy dit : « Ne cherchez pas tant le coupable. Cessez de vous demander si vous avez été coupable ou si vous ne l'avez pas été. C'est fini maintenant. »

Quelles paroles sensés et raisonnables, tellement justes et appropriées, tellement bon chic bon genre, à l'image de ce pardessus et de ce pantalon repassés, de cette longe cravate aux rayures marron, crème, carmin et noires, de ces chaussures cirées reluisantes, de ces chaussettes de soie et de cet...

« Demain j'amènerai moi-même ta voiture chez l'assureur et m'occuperai de tout », dit Mansur.

Trop de bourdes... d'autant plus maintenant, alors que je viens de réaliser que si de temps à autre on n'a pas un accident... le conducteur de la Nissan me jette un regard inquiet, l'air de demander d'où sort ce trouble-fête. Je souris et, furieuse contre Mansur, affirme bien haut : « C'est moi qui irai demain chez l'assureur. »

Le conducteur de la Nissan pousse un soupir de soulagement, agite la main et retourne à sa voiture. Mansur me regarde dans les yeux, l'air défait, comme si ma vie lui déformait le visage, comme s'il venait de recevoir un coup de poing en pleine figure. Avant qu'il ne puisse prononcer le moindre mot je lui demande : « Pourrait-on s'il te plaît ne pas parler de mon œil ? »

Je souffre, tu souffres, il souffre, nous souffrons, ils souffrent... et pourquoi le conducteur de la Pride vient-il maintenant de notre côté ? Il a eu beau s'égosiller pour se faire entendre de l'agent... il me regarde avec ses petits yeux boursouflés, bleus autour des paupières, et dit : « Il faut que je vous demande pardon, j'étais en état de choc, sinon... »

Oh là là, je n'ai rien à faire de toutes les excuses de ce monde... pourquoi les gens arrivent-ils à renoncer aussi facilement au rôle qu'ils jouent dans l'existence ? Je ne veux pas entendre un mot de plus. Je l'interromps au milieu de sa phrase : « Ça arrive. »

Je voudrais dire : j'espère que votre voiture sera bientôt en état de rouler. Je ne dis rien. Qu'est-ce que ça peut me faire que sa voiture soit bientôt en état de rouler ou non, il vaudrait mieux dire : j'espère que votre ventre sera bientôt en état de rouler, ou encore…

« En tous les cas je vous demande pardon », ajoute-t-il.

Lui non plus ne veut pas lâcher…

Je réponds : « Je vous en prie. »

Finalement il recule et s'en va… j'ouvre la porte arrière et fais signe à Samyar de monter. Mansur déclare vouloir aller au supermarché pour offrir quelque chose à Samyar. Avant que je ne puisse répondre que l'on est déjà allé suffisamment au supermarché aujourd'hui… il prend la main de Samyar et l'emmène avec lui. Pas de doute que Samyar va abuser de la générosité de son tonton Mansur… J'ai de la chance, une voiture quitte sa place un peu plus loin… je saute derrière le volant… j'ai de la chance, tu as de la chance, il a de la chance, nous avons de la chance… et je me gare… Mansur n'a pas si mauvaise allure que ça, hormis ses rondeurs, typiques des gens riches… Keyvan a meilleure allure… et l'allure de… j'allume la radio.

L'animateur radio dit : « Le vaste territoire musulman était doté de réserves abondantes et de ressources en grand nombre, malheureusement, avant la victoire de la révolution islamique sur le règne des oppresseurs… »

Farid Rahdar adorait marcher, aussi bien dans les avenues, dans les ruelles, dans les parcs et sur les autoroutes que dans les montagnes et dans les plaines… il disait que l'homme existe tant qu'il marche, tant que ses deux pieds se posent fermement sur la terre… Samyar s'approche de la voiture en mâchonnant. Mansur, tout en parlant au téléphone, ouvre la porte arrière pour Samyar. « Maman, regarde ! » dit-il. Je regarde. Une figurine de cuisinier avec une cuillère dans la main, lorsque Samyar appuie sur celle-ci un bonbon glisse à l'intérieur du bonhomme et tombe dans la cuillère… Farid Rahdar aimait écrire pendant de longues heures, puis sortir dans le monde une fois noircies ses pages blanches. Il aimait que Gandom se tienne à part au milieu des gens et il adorait caresser Gandom des yeux, mordre Gandom des yeux, dévorer Gandom des yeux… une fois que Mansur a terminé son appel il me tend de nouveau les clés de sa voiture.

« Prends ma voiture », dit-il.

Maintenant il veut nous appâter avec sa voiture…

« Merci, mais je suis plus à l'aise avec la mienne. »

« Bon, mais alors je vais avec toi », dit-il

« Merci mais je connais le trajet jusque chez moi. »

« Tu es constamment en train de me fuir, dit-il, alors que rien ne le justifie… »

Je souris… alors moi aussi, lorsque je souris… et réponds : « Ne plaisante pas. »

« Ce n'est pas une plaisanterie, c'est très sérieux. »

J'éclate de rire. Mince, je suis une vraie peste d'avoir ri à un moment pareil, et si bruyamment en plus. « Merci pour le supermarché. »

Il me fixe du regard, puis il répond avec une intonation étrange : « De rien. »

« Maman, regarde ! » dit Samyar. Je regarde, un gros ours de verre au ventre rempli de bonbons… à l'instant où je vais m'en aller Mansur ajoute : « Tout est arrangé, l'entreprise va te livrer une voiture neuve. »

Je réponds : « Ma voiture me convient parfaitement. »

Enfin, ce n'est pas tout à fait vrai… quand il faudra l'envoyer à la réparation cela me posera problème… je ne pense pas pouvoir vivre sans voiture.

« C'est un ordre, ordre de Keyvan », dit-il.

Va savoir qui a donné l'ordre... un ordre de Mansur ou un ordre de Keyvan ? Quelle importance ? Tant mieux si j'ai une voiture neuve.

« Tu veux une autre BMW ? »

J'ai envie de répondre que oui, mais, d'un autre côté, pourquoi avoir la même chose, si je peux essayer un autre modèle. J'ai envie d'avoir une grosse voiture, une voiture vraiment grosse, grosse comme... comme... grosse comme une grosse voiture...

Je dis : « Une Prado, une Prado deux portes. »

« Tu es sûre ? »

Je fais oui de la tête.

« Quelle couleur ? »

« Blanche. »

Je démarre.

Le présentateur du journal dit : « Ce matin, dans l'avenue 24 Metri à Sa'adat Abad, un immeuble de sept étages s'est effondré, malheureusement... »

Grosse comme les cieux, grosse comme le firmament, grosse comme un monde, grosse comme toutes ces choses que nous ne comprenons pas, grosse comme une grosse fille, grosse comme deux lézards sur le mur, grosse comme un énorme mensonge, grosse comme... c'est l'heure de pointe, celle des pires embouteillages à Téhéran... grosse comme Téhéran...

Le présentateur du journal dit : « La mort de cinquante-cinq soldats talibans en Afghanistan... »

Mon téléphone vibre... c'est Keyvan... il veut savoir si tout est rentré dans l'ordre. Je dis que tout est dans l'ordre. Il veut savoir si Mansur a appelé l'entreprise. Je dis qu'il l'a appelée. Il dit que moi et Samyar lui manquons.

Moi !… De mon côté, j'ai envie de dire… moyenne-ment… entre un peu et pas beaucoup… je réponds : « Toi aussi tu nous manques. »

« Fais attention à toi. »

Je ne comprends pas pourquoi Keyvan et Mansur insistent tellement pour que je fasse attention à moi…

Le présentateur du journal dit : « Mise en garde des diri-geants de la République iranienne contre les manifestations belliqueuses des États-Unis et d'Israël… »

Je vois Mansur qui me suit dans le rétroviseur. Cette fois-ci il faut que je le lui dise, il faut que je lui dise qu'il ne me plaît pas. Il faut que je lui dise que ses paroles me donnent la nau-sée. Il faut que je lui dise de me laisser tranquille et d'aller s'occuper de ses affaires.

Je dis au psy : « C'est comme si, au fond de mon cœur, dans les replis de mon cœur, je chérissais le souhait d'avoir un jour de l'argent, d'avoir un jour une maison qui m'appartiendrait et d'avoir une voiture qui m'appartiendrait, et d'être un jour capable de faire des pieds de nez à Gandom en lui disant : tu vois, lorsqu'on a de l'argent on peut utiliser les mêmes habits que les dames, on peut ouvrir son sac comme une dame et sortir des billets à tout va sans regarder, on peut aller chez le dermatologue et à force de crèmes et de remèdes traiter notre peau pour qu'elle brille un petit peu, rien qu'un peu, comme la peau des vraies dames, on peut… »

Et quelle surprise de voir que le fond de ton cœur te tire dans cette direction lorsque tu l'interroges, qu'il te fait prendre ce virage lorsque tu l'implores, que si du fond du cœur tu te sens seule, que si du fond du cœur tu réclames une amie, une amie qui n'appartienne qu'à toi et ne soit pas comme toi…

à travers le pare-brise de la voiture je regarde le ciel, le ciel de plomb de Téhéran…

Je dis au psy : « Comme si je m'étais perdue il y a plusieurs années, comme si je m'étais perdue dans le ciel noir étoilé de Zahedan. »

On dirait que j'ai quatorze ans. Que je vais aller au lycée demain, que j'ai fermé les yeux sous la couette et me suis mise à dormir, avec ma mère – et sa radio toujours allumée – d'un côté du lit, Orman et Orash au milieu et moi de l'autre côté. Je me dis que la même chose se reproduira peut-être, la chose qui s'était produite il y a deux ans, lorsque, après une dispute, imaginant que j'étais endormie, ma mère s'était penchée au-dessus de moi et avait posé ses lèvres contre mon front… on aurait dit que mon corps avait simultanément bouilli et gelé… et cela fait deux ans que, chaque fois qu'elle me dispute, comme au premier jour je ferme les paupières et reste dans l'attente, car je crains que si j'ouvrais les yeux je verrais qu'il ne s'est rien passé et que ma mère, une fois de plus, s'est endormie au son des crépitements de la radio… le premier et le dernier baiser de ma mère… on dirait que je vais pleurer, je me dis qu'il faut que je lui réponde, il faut que cette fois-ci je lui réponde, je roule sur le côté, deux gros lézards sur le mur me fixent à nouveau, je m'enveloppe dans l'édredon, au même moment on dirait que huit mains et huit pieds gluants me passent sur le corps, sur les jambes, sur le ventre, sur la poitrine, sur la nuque et le visage… on dirait que je me retourne de l'autre côté, je regrette de ne pouvoir tirer Orman et Orash au bord du lit et me mettre à leur place, au milieu… on dirait que quelqu'un à l'intérieur de moi me dit : une fille de ton âge… on dirait que je dors sur le dos et contemple le ciel tout en descendant à l'intérieur de lui, ce ciel noir étoilé qui engloutit l'homme, qui avale l'homme dans ses méandres… et j'y descends… j'y descends si profondément qu'on dirait que je ne suis plus moi-même, si profondément qu'on dirait que je n'existe plus, que je me perds dans le ciel, que je me perds dans tous ces souhaits et toutes ces fantasmagories, si profondément qu'on dirait que je veux une amie, une amie qui n'appartiendrait qu'à moi et ne serait pas comme moi… « Maman, regarde ! » dit Samyar. Je crie que je ne veux pas voir, je ne veux rien voir… et mon cri résonne dans la voiture, résonne dans ma tête, résonne dans ma gorge, résonne dans mes yeux et m'offusque le regard… je me range sur le bas-côté et m'arrête… est-ce que ça peut continuer comme ça ? Peut-on devenir Gandom sans s'en rendre compte ?…

Je demande au psy : « Est-ce possible ? »

Mon dossier, quelque chose de plus dans ce dossier… il avait le regard fixé sur l'horloge murale dont les aiguilles s'enfonçaient comme le dard d'un scorpion dans mon corps.

L'animateur radio dit : « La lutte pour la sauvegarde des ours polaires… »

À peine vois-je Mansur s'arrêter derrière moi que je redémarre. Cette fois-ci, il faut que je le lui dise, il faut que je lui dise qu'il se trompe, que je ne suis pas la personne qu'il croit que je suis, que je ne suis pas le personnage de l'une de ces soirées vulgaires, que je ne suis pas celle qui s'assiéra et écoutera avidement les phrases et les plaisanteries insipides de tous ces gens, Keyvan, Mansur et Katayoun, monsieur Mossavi et son épouse, Minu et son mari et quelques autres guignols… eux à qui j'ai envie de dire : « Mes chers messieurs. Oui, c'est vrai. De jour en jour maisons et terrains prennent de la valeur.

C'est vrai. En attendant que les prix montent davantage, il faut être sur le qui-vive pour identifier les endroits où maisons et terrains s'achètent et se vendent au meilleur prix. C'est vrai. À Dubaï aussi on peut acheter une maison, et en en achetant une on obtient un permis de séjour illimité. C'est vrai. En été il faut faire un voyage en Thaïlande… » vous pouffez de rire lorsque je prononce le mot Thaïlande et dites : « Avez-vous entendu que là-bas… » Tout cela est vrai, mais il ne valait pas la peine d'en dire autant pour si peu…

L'animateur radio dit : « Les dommages causés à l'environnement par l'homme… »

Elles à qui j'ai envie de dire : « Mesdames, félicitations pour avoir inscrit vos enfants dans les meilleures maternelles et les meilleures écoles primaires. Félicitations pour avoir engendré des enfants qui sont les génies de leur cours de musique ou de leur cours de langue ou de leur cours de natation ou de je ne sais quelle autre baliverne. Félicitations pour avoir fait couper vos cheveux ou les avoir fait teindre ou avoir fait des mèches chez un monsieur qui vous facture tant et plus. Félicitations pour ne jamais faire vos achats ailleurs que dans la boutique x à l'intérieur du passage y. Félicitations pour avoir cuisiné tous ces riz aux poissons, ces ragoûts aux grenades et aux herbes, ces soufflés, ces Strogonoff, ces dolmas, ces keftas, ces crèmes caramel, ces gelées aux fraises, à l'ananas et à l'orange. Félicitations. Mais il ne valait pas la peine d'en dire autant pour si peu… » Tandis que moi j'aurais aimé danser : un peu de pénombre, un peu de musique… mais on dirait que jamais plus il n'y aura d'opportunités pour cela…

Je dis au psy : « C'est comme ça que la nuit je dansais… Je dansais pour moi et avec moi, pendant que Keyvan était endormi. »

Si Keyvan s'était levé sans prévenir et m'avait vue, les écouteurs sur les oreilles, en train de danser dans le salon plongé dans la pénombre, qu'aurait-il dit ? S'il m'avait vue tournoyant sur moi-même, balançant mes cheveux d'un côté et de l'autre, roulant mes épaules, contorsionnant mon dos, exécutant une si belle danse, si belle que je n'arrivais pas à me reconnaître... s'il m'avait vue âgée de seulement vingt et quelques années, mes jambes ne se fatiguant pas, riant un petit peu et prenant la main de quelqu'un qui nouerait ses bras derrière ma taille, quelqu'un me saisissant à la taille et me tirant dans sa direction, une personne qui saurait parler avec les yeux, qui saurait me dire avec ses yeux que je suis splendide, que je danse fabuleusement, que... et tout à coup je me lève, et regarde dans ce foutu miroir le reflet de cette femme qui s'est perdue, perdue dans le ciel noir étoilé de Zahedan...

Je dis au psy : « Vous saisissez probablement quelle est la différence entre se retrouver et se perdre. »

Mansur continue de me suivre... Pourquoi dois-je lui dire qu'il ne me plaît pas ? Pourquoi dois-je lui dire que lorsqu'il ouvre la bouche il me donne la nausée ? surtout lorsqu'il dit du bien de Keyvan ou lorsqu'il se fait son complice et qu'ils se prêtent main forte, surtout lorsqu'on sait que toutes ces paroles n'arrangeront rien mais qu'au contraire elles ruinent tout... la route est coupée, la route de ma maison, la route de ma maison dévastée. Je veux arriver chez moi. Peut-être que mes bouteilles d'eau me manquent... non, ce n'est pas ce qui me manque... il y a une chose dont la pensée suffit à jeter le trouble en mon cœur, une chose qui, je le sais, commence maintenant et ne cessera pas avant le milieu de la nuit, une chose que je ne supporte pas : cette personne qui danse toute seule en titubant, qui se dirige en titubant jusqu'à la chambre de Samyar, s'assied au bord de son lit et le regarde le cœur lourd… non, son cœur s'embrase face à l'innocence des enfants qui dorment, face à leur vulnérabilité… elle, qui meurt d'envie de prendre une corde et de pendre tous les parents du monde après s'être mise à mort la première, elle, qui titube vers la salle de bains et prend la cuvette des toilettes dans ses bras comme si elle voulait la lécher, comme si elle voulait l'embrasser, comme si… on dirait qu'elle se frappe la tête contre le mur, on dirait que ses yeux… on dirait qu'il y a quelque chose qu'elle ne se rappelle plus… on dirait… « Maman », dit tout doucement Samyar. Je répond oui. « Regarde ! » dit-il. Je regarde : un gros paquets de chocolats… aussi gros que ce même paquet de chocolats… je me mets à rire. Comme si la distance qui sépare les larmes du rire était bien courte, comme si la distance qui sépare le sérieux de la plaisanterie… mes mots… mes mots… je ne la supporte plus, je ne supporte plus cette personne qui veut m'anéantir, qui veut m'annihiler, cette personne qui ne fumait pas pour le plaisir… un tour, deux tours, trois tours… dix tours… elle ne se fatigue pas la Gandom, cette maudite Gandom, cette Gandom qui ne m'a donné que du tracas…

Le psy demanda étonné : « Tu veux dire qu'ils vous ont arrêtés tous les trois ? »

Je mourais de peur, je vomissais de peur, mon cœur, ce cœur de fille de p… était en train de se… je dis : Dieu m'est témoin, je ne suis bonne à rien, je suis une moins que rien, je suis une incapable. J'affirmai que tout ça était de la faute de Gandom, de cette satanée Gandom…

Gandom sourit et dit : « Si de temps à autre on ne va pas à la montagne, si de temps à autre on n'est pas arrêtée dans les montagnes et jetée en prison, si de temps à autre on ne promet pas de ne plus faire ce genre de choses et si, plus tard, on ne les fait pas de temps à autre, notre vie n'en serait pas une… »

La voie se libère… j'accélère… alors, et si on partait à la recherche de Farid Rahdar… les rues, les voitures , les gens, les panneaux publicitaires, les crépitements de la radio… alors, alors rien… j'accélère en direction de la maison.

7

Je me gare devant notre porte. Avant même que je ne sois descendue, la Mercedes bordeaux dernier cri arrive et se gare derrière moi... cette fois-ci je dois lui parler... pourquoi devrais-je lui parler ? D'autant plus lorsque... il faut que je le lui dise...

En ouvrant le portail, j'aperçois à l'autre bout de la cour Pichi, le chaton de madame Ne'mati, qui a de nouveau grimpé à l'arbre et monsieur Reza qui, juché sur une échelle, essaye de le faire descendre, tandis que le deuxième chat, Michi, est mollement étendu sur les marches de l'escalier. Ravi, Samyar court les rejoindre... madame Ne'mati apprécie Samyar autant que ses chats, il suffit de voir comment elle se pâme chaque fois qu'elle le rencontre, en revanche, moi elle m'apprécie mille fois moins qu'eux, et de fait, durant les quelques mois qui se sont écoulés depuis que nous avons emménagé ici... mais il faut être juste, peut-être est-ce dû au fait que je ne suis jamais d'humeur à échanger de fausses politesses avec les vieilles dames, ou au fait qu'à l'instar de toutes les vieilles dames elle pense que c'est « un gâchis qu'un bel enfant comme ça ait une mère pareille », ou bien encore parce qu'elle doit se contenter de chats en lieu et place de ses enfants émigrés aux quatre coins du globe… peut-être aussi que je me trompe, peut-être ce regard est-il purement inoffensif…

Je dis à Mansur : « Excusez-moi pour aujourd'hui… »

« Ah, ne me parle pas comme ça… répond-il. Tu sais bien que si tu le demandais je te consacrerais toute ma vie et te donnerais tout ce que je possède… »

Alors, dois-je lui dire ou ne dois-je pas lui dire ?… Je me sens oppressée, si oppressée que je n'arrive pas à croire au sentiment que j'ai de mon oppression. « Tout est en train de s'effondrer Mansur… »

Monsieur Reza est à deux doigts de tomber du haut de l'échelle. Ce serait drôle si monsieur Reza tombait et se cassait un bras ou une jambe, ou s'il mourait…

« Tu penses donc me connaître si bien que ça ? Tu me verrais, moi, avec le meilleur ami de mon époux ?… »

Gandom tire la langue. Rien à faire, celle-là, même avec la langue dehors, elle ne peut pas s'enlaidir… reste sérieuse, reste sérieuse… Mansur a incliné la tête, comme si toutes ses flèches piquaient du nez vers le sol.

« Tu sais bien que ça n'a rien à voir avec toi, il se trouve que tu es le genre d'homme que beaucoup de femmes…. »

Gandom fait la grimace. Celle-là, elle ne perd pas une occasion de plaisanter. Maintenant on fait des grimaces ma petite cochonne ? Et si tout à coup j'éclatais de rire… reste sérieuse… Mansur est en train de jauger la situation.

« C'est la faute aux circonstances… le problème est que d'abord et avant toute chose nous sommes amis… »

Gandom cligne de l'œil en disant : « Dis donc, mais ta langue s'est déliée ! De toi ou moi, c'est qui la menteuse maintenant ?… »

« Il m'en coûte de te dire une chose pareille, j'en ai honte, mais imagine que Keyvan faisait la même proposition à Kotayun… »

Mansur me regarde durement. Je serre les lèvres et essaye de prétendre que notre conversation m'est très pénible. Mansur a l'air de quelqu'un que l'on a obligé à réfléchir… Gandom est pliée en deux, « Je m'amuse, bravo petite », dit-elle… reste sérieuse…

« Comprends-tu Mansur, nous n'avons plus l'âge de faire ce genre de bêtises, nous les regretterons le lendemain et elles nous resteront plus tard en travers de la gorge… »

Ça suffit ? Ou faut-il que je continue à prêcher ?… « Ah non alors, on venait juste de commencer à s'amuser… » dit Gandom.

« Permets que nous restions amis pour toujours, sans regret et sans dépit… »

Mansur tourne la tête et se met à fixer le vide pendant quelques instants. Lorsqu'il ramène son visage face au mien, je crois voir quelque chose briller au coin de ses yeux…

« Que dois-je faire avec mes sentiments ? Que dois-je faire avec mon cœur ? » dit-il.

Je réponds : « Entre nous ça ne peut pas être le cœur, ce doit être la raison, il faut que nous soyons raisonnables. »

« Peu à peu il se met à gober ce qu'on lui raconte… » dit Gandom.

« Comme tu es pure, quelle ange tu fais !… » dit Mansur.

Et maintenant ? Des courtoisies, recycler les mêmes amabilités ineptes de tous les jours, les mêmes paroles rebattues. Si seulement il y avait quelque chose de nouveau à dire, quelque chose qui nous fasse bondir d'enthousiasme et chérir la moindre syllabe sortant de notre bouche. Et merde, il n'y a plus rien à dire… si seulement avec les yeux on pouvait…

« Fais attention à toi », dit-il.

Cette phrase a un goût de pisse…

Je réponds : « Toi aussi. »

Moi aussi, toi aussi, lui aussi, nous aussi…

« Si tu as besoin de quelque chose… »

Je réponds : « Bien sûr. »

J'attends qu'il parte. Il reste planté là sans me quitter des yeux, comme s'il était tiraillé entre rester et partir…

« Ce n'est pas facile… mais, pour ton bien… » dit-il.

Finalement on dirait qu'on n'est pas arrivés au bout des courtoisies à la noix…

Je réponds : « Merci. »

« On se voit demain chez l'assureur », dit-il.

Avant que je ne puisse lui répondre que ce n'est pas nécessaire, il ajoute : « Je dois amener la voiture chez le garagiste. »

Probablement un autre ordre venu de Keyvan…

Je me dirige vers la porte. Il baisse la tête et s'en va rapidement. La porte une fois refermée, je demeure un instant immobile, sans penser à rien… à rien… puis je traverse la cour… je commence alors à penser un petit peu, à penser que finalement ce ne doit peut-être pas être si terrible d'être invitée à des soirées vulgaires et de faire semblant d'être amoureuse… mais moi je ne pourrais jamais faire semblant, il ne faut pas que ce puisse être moi….

Je dis au psy : « Pouvez-vous le croire ? Pouvez-vous le croire ?… »

« Excusez-moi, une minute », répond-il.

Il écouta un bref instant les bruits venant de l'extérieur du cabinet, puis il s'empara du téléphone et demanda à sa secrétaire la raison de ce grabuge.

Madame Ne'mati redresse sa courte stature et admoneste le chat : « Tout ça à cause de toi ! C'est une chose à faire à ton avis ? Regarde, regarde Samyar et Michi, comme ils sont bien éduqués, maintenant descends tout de suite, descends, ou sinon je m'en vais et je te laisse coincé en haut... »

Miaow...

Je tends l'oreille.

Miaow...

Non, je ne comprends rien à ce que le chat est en train de dire... Samyar est au comble de la joie. Il faudrait que je crie à pleins poumons pour qu'il se décide à venir me rejoindre... mais de temps en temps il faut prétendre que l'on est une bonne mère en présence des autres. J'adoucis ma voix autant que possible et dis : « Samyar chéri, il est l'heure de monter. » Madame Ne'mati me regarde... peut-être que je me trompe, peut-être ce regard est-il purement inoffensif... Samyar est complètement ailleurs.

Je me demandai combien est-ce que ce psy gagnait par mois avec sa grosse tête ? Avec tous ces malades mentaux, avec tous ces individus à problèmes, avec tous ces gens déprimés ?... Le type à l'extérieur continuait de s'égosiller en implorations et en supplications pour que la secrétaire lui donne un rendez-vous.

J'ai l'impression que mes jambes ne peuvent plus me porter. Je ne sais pas si j'ai envie de monter ou non... je me traîne jusqu'aux escaliers... je m'assieds sur la première marche à côté de Michi, on dirait qu'il est chaque jour plus crasseux... je le regarde... il me regarde... je le regarde... il me regarde...

« Pourquoi ne grimpes-tu pas dans l'arbre toi aussi ? » demandé-je.

« Est-ce que j'ai l'air d'un âne !? Et si je tombais ? » me répond-il.

« Mais être tout là-haut doit bien être une source de plaisir unique en son genre si tous les chats aiment à y grimper. »

« Donne-moi à manger si tu as de la nourriture, dit-il, sinon arrête de dire des bêtises et tais-toi. »

Ben ça alors, pensé-je ? Voilà que je me retrouve débattant avec un chat crasseux et malpoli… ne te donne pas inconsciemment l'illusion que tu sais parler la langue des chats, me suis-je dit.

Dommage que madame Ne'mati nous regarde, sinon je me serais vengée. Je ne sais pas si j'ai envie de monter ou non… je monte sans regarder derrière moi pour voir si Samyar me suit, peut-être est-il assez grand pour trouver tout seul son chemin dans la cour…

J'entends la voix de monsieur Reza disant victorieusement : « Je l'ai ! »

Et la voix de madame Ne'mati poussant un petit cri de joie et disant avec une minauderie un peu sotte : « Merci beaucoup monsieur Reza ! »

Et la voix du chat disant : « Lâche-moi fils de chienne, lâche-moi !… »

Et le bruit des pas de Samyar courant pour me rejoindre.

Je me dis : ne te donne pas inconsciemment l'illusion que tu sais parler la langue… je m'arrête devant la porte de l'ascenseur. J'ai été une suffisamment bonne mère pour n'avoir jamais laissé transparaître devant Samyar à quel point monter dans les ascenseurs m'effraye. Comment peut-on s'en remettre à une boîte de métal suspendue uniquement à deux ou trois câbles ?… Pourquoi ne l'ai-je jamais dit à Keyvan ?… Mais enfin, une fille de ton âge… Samyar se jette dans la cabine et appuie sur le bouton du dixième étage. Tandis que l'ascenseur monte, j'ai l'impression que tous mes organes descendent, mon cœur, mon estomac, mes intestins... bien sûr que je m'y habitue, bien sûr que je m'habitue à ces remontées et à ces descentes, peut-être que je m'y habitue, peut-être que je m'habitue à ces remontées et à ces descentes, probablement que je m'y habitue, probablement que je m'habitue à ces remontées et à ces descentes...

Le psy dit : « Vous disiez. »

J'allais recommencer à dire « Pouvez-vous le croire, pouvez-vous le croire ? »...

La voix du type emplissait maintenant tout le cabinet, la voix du type en colère disant à la secrétaire qu'elle faisait une grave erreur en ne lui donnant pas de rendez-vous, qu'elle ne disait que de la merde.

Le psy se leva de sa chaise et dit : « Excusez-moi. »

En arrivant au dixième étage, j'ai l'impression que tous mes organes retournent à leur place.

Le type pleurait maintenant, il gémissait qu'il était malade, qu'il était en train de craquer, qu'il allait exploser, qu'il était... je tournai le regard vers mon dossier posé au milieu de la table, on aurait dit qu'il me fronçait les sourcils, que son regard m'intimait de me détendre, qu'il voulait me dire : l'heure est venue de déchirer cette maudite pochette bleue et de la frapper contre les murs pour te délivrer de l'emprise de tous ces mots...

Arrivée à la maison, je jette mes chaussures, mon gilet, mon manteau et mon foulard aux quatre coins de la pièce... ma maison, ma maison en ruines, notre maison en ruines...

Samyar allume un dessin animé et se jette dans le sofa. En songeant qu'il a déjà vu cent fois ces personnages… ma cuisine… ma cuisine infecte, notre cuisine infecte… mon regard s'arrête sur la porte du réfrigérateur, on dirait une page blanche sur laquelle tous mes doutes et toutes mes hésitations se sont inscrits, manger ou ne pas manger, aller ou ne pas aller, faire ou ne pas faire… j'ouvre la porte du réfrigérateur, une petite bouteille d'eau… et j'en bois la moitié d'un seul coup… oh… je ne la supporte plus, je ne supporte plus cette personne qui veut m'anéantir… je vide le reste de la bouteille dans l'évier… un tour, deux tours, trois tours… dix tours… elle ne se fatigue pas la Gandom, elle entre dans la chambre et dit que maintenant c'est l'heure de la douche.

Je me dirige vers la salle de bains. Je m'assieds sur le rebord de la baignoire et regarde attentivement le fond. On dirait une page blanche sur laquelle tous mes doutes et toutes mes hésitations se sont inscrits… j'ouvre le robinet, le règle pour avoir une eau un peu plus chaude que tiède.

« Regarde ! » dit Gandom.

La honte m'arracha un cri. Je cachai mon visage dans mes mains. Gandom avait remonté sa blouse devant le miroir posé sur l'étagère, et moi je pensai : il ne faut pas que je regarde, il ne faut pas que je regarde, tandis que dans les interstices entre mes doigts…

« Regarde ! dit Gandom, ils grandissent. »

J'enlève ma blouse, mon soutien-gorge, mon pantalon, et cache mon visage dans mes mains, tandis que dans les interstices entre mes doigts… suffisamment pour que Gandom pensât qu'ils avaient grandi… j'entre dans la baignoire… oh… on dirait que tous les atomes de mon corps me remercient.

Maintenant que j'avais dérobé mon dossier et l'avais fourré dans mon manteau, tout cela n'avait subitement plus aucun sens – le psy assis d'un côté et moi de l'autre côté répétant « Pouvez-vous le croire, pouvez-vous le croire ? » Toutes les choses que j'avais voulu dire au psy, à présent je ne voulais plus me les dire qu'à moi, qu'à moi seule.

Je regarde mon corps immergé dans l'eau, il est hâlé, je passe mes mains sur mes mollets, sur mes cuisses, sur la courbe de mon ventre… j'ai l'impression que mon corps est encore jeune…

Je me dis : « Peux-tu le croire, peux-tu croire que Farid Rahdar ait demandé la main de Gandom, juste après que Keyvan a demandé la mienne ? »

Mon moi me répond : « Pourquoi ne devrais-je pas le croire ? »

Je me dis : « Ne te rappelles-tu pas comment était Farid Rahdar ! Farid Rahdar et le mariage ! »

Comme à l'accoutumée, Samyar entrouvre la porte de la salle de bains et demande s'il peut me rejoindre ? Si je lui dis non, il ira s'occuper ailleurs. Je dis d'accord. Il enlève ses vêtements à toute vitesse en les laissant à même le sol, puis il entre dans la baignoire et s'assied sur mon ventre. Je passe mes bras autour de sa poitrine, autour de ce corps mou et fin, il colle ses mains aux miennes, j'enfonce mon visage dans ses cheveux, caresse son dos, caresse son ventre, je me dis que j'ai peut-être le droit de le tuer, après tout n'est-ce pas moi qui l'ai mis au monde ? N'est-ce pas moi qui, en lui donnant la vie, lui ai en même temps donné la mort ? Par conséquent, je peux refermer mes bras autour de son cou et serrer, serrer, serrer si fort que… il sourit, quand il sourit une fossette se creuse dans ses joues… je le prends dans mes bras… il regarde les bulles qui montent à la surface de l'eau et se met à rire comme un fou… je comprends ce qu'il a fait. Je me dis que lorsque l'on devient trop sérieux la meilleure chose à faire est de faire comme Samyar et de regarder les bulles qui montent à la surface… je ravale mon rire et lui dis : « N'avais-tu pas promis de ne plus jamais faire ça devant maman ? » Il demande pardon. Déjà, cet enfant nous mène en bateau puis arrondit tous les angles avec des excuses. Oh qu'importe, laisse-le tranquille avant qu'il ne devienne adulte…

Je me dis : « Peux-tu le croire, peux-tu croire que Gandom ait dit non ? »

Mon moi me répond : « Pourquoi ne devrais-je pas le croire ? »

Je me dis : « Tu as raison, pourquoi ne devrais-je pas le croire, après tout, Gandom et le mariage ! »

Mes paupières s'appesantissent… j'ai le sentiment qu'il faudrait que quelqu'un me sèche, que quelqu'un me caresse, que quelqu'un me donne à manger et me lise des histoires jusqu'à ce que je m'endorme… je rassemble mes forces et en me levant je dis à Samyar que le bain est fini.

« Si tu restes on pourrait vivre ensemble chez Farid Rahdar », dit Gandom.

Je crus qu'elle me proposait de partager.

« Jusqu'à quand ? » demandai-je.

« Aussi longtemps que possible. »

Il n'y a personne qui soit pire que moi, pensai-je, plus pourrie que moi, plus fade et plus dégueulasse que moi, plus peureuse que moi, plus ordinaire que moi…

Je répondis : « L'idée de partager quelque chose avec toi me met mal à l'aise. »

En sortant du bain je me dirige vers le salon… j'entre dans la cuisine… je reviens dans le salon… je vais sur le balcon… je retourne à nouveau dans le salon… je me rends dans la chambre à coucher… passe dans la chambre de Samyar…

reviens dans la chambre à coucher… puis je retourne dans le salon… de nouveau sur le balcon… encore dans le salon… et une dernière fois dans la chambre à coucher… je m'allonge sur le lit… je me dis que j'ai l'air fatigué, que cette fatigue ne semble pas provenir d'aujourd'hui ou d'hier, que cette fatigue ne semble pas provenir de cette année ou de l'année antérieure… le crépitement de la télévision… le crépitement de la radio de ma mère… et cette vieille photo… je me dis que c'est peut-être un mensonge, peut-être cette photographie est-elle un mensonge, il n'est pas possible que cette famille ait été la mienne, il n'est pas possible que cet homme au manteau et au pantalon à rayures ait été mon père, que cette femme sans hijab ait été ma mère, que ces deux petites créatures dans leurs langes blanches aient été mes frères, et cette fille… avec ces cheveux noirs et cette chemise de guipure… peut-être tout cela est-il une illusion, peut-être ai-je trouvé cette photo quelque part, peut-être l'ai-je subtilisée quelque part afin de la montrer à Gandom et lui dire : regarde, ce sont mes parents, mon père était propriétaire terrien, elle c'est ma mère, eux ce sont mes frères, et là c'est moi, regarde ma chemise, elle est entièrement de guipure… la moitié de mes cheveux se dressent sur ma tête… je continue d'avoir peur, je crains que le cancer ne m'attende et qu'il ait raison de moi, qu'adviendra-t-il alors de Samyar ? Je me dis que Samyar n'est pas moins seul que moi… pourquoi n'a-t-il toujours pas d'amis à son âge ? Tout est probablement ma faute, ma faute, ma faute… j'ai le sentiment qu'il faudrait que quelqu'un me caresse, que quelqu'un me lise des histoires jusqu'à ce que je m'endorme…

Je me trouve dans un car dont j'ignore la destination malgré tous mes efforts pour m'en souvenir…

Gandom rit. Rien de ce qu'on dit n'a d'effet sur elle. Elle danse et rit sous un mûrier. Lorsqu'elle rit une fossette se creuse dans chacune de ses joues. À cause de ces fossettes je veux la bouder pour toujours…

« Farid est amoureux de moi », dit-elle.

Je réponds : « Personne n'est amoureux de moi. »

« Farid est amoureux de moi », dit-elle.

Elle ment. Dieu seul sait à quel point Gandom est une menteuse…

« C'est moi la menteuse ou c'est toi ? » demande-t-elle.

Je cours… je cours derrière le bruit que font les chaussures… son père est toujours là et n'est jamais présent…

Je dis : « On dirait qu'il a oublié quelque chose quelque part… »

« Qu'importe », répond Gandom.

Toute seule, dans ce car. Il était pourtant convenu que nous irions ensemble. N'avait-elle pas dit elle-même que nous irions ensemble ? Où est-elle alors ? Je crie : où es-tu alors ? Elle ne répond pas. Je crie : où es-tu ? Où es-tu Gandom ?…

En ouvrant les yeux je vois que Samyar m'a rejointe et s'est assis à mon chevet. J'ignore combien de fois il est venu durant cet intervalle où j'étais entre le sommeil et l'éveil. Je me mets à sangloter…

Je pleure…

Je pleure en produisant un gémissement qui se réverbère depuis mon cœur jusque dans ma gorge, depuis ma gorge jusqu'à mes lèvres, de mes lèvres jusqu'à mes yeux, et qui ruisselle depuis mes yeux le long de tout mon visage…

Samyar passe la main sur mes cheveux tandis que je pose ma tête sur son épaule et la plonge… la plonge dans cette immensité… cette unité… cet instant éternel… où je deviens le monde et où le monde devient moi… et je regarde le ciel, le ciel qui ici est le plafond… puis je sèche rapidement mes larmes… je prends les mains de Samyar, le relève et, sans savoir pourquoi, me mets à sauter sur le lit… Samyar m'observe avec bonheur. J'ai l'impression d'être légère, de ne peser que quinze ou seize kilos… nous nous élevons dans les airs et nous retombons, nous nous élevons dans les airs et nous retombons… j'ai l'impression de ne pas m'en sortir moins bien que Samyar… je parie que madame Ne'mati a en ce moment les yeux fixés au plafond et se demande ce que c'est que ce remue-ménage à l'étage supérieur… nous nous élevons dans les airs et nous retombons, nous nous élevons dans les airs et nous retombons… je pense que je ne suis pas une maman, je pense que je ne suis pas moi-même, je pense que cette attitude n'est pas la mienne… je m'arrête un instant… j'ai peur… je n'ai pas peur du fait que j'ai peur… mon Dieu je n'ai pas peur du fait que j'ai peur… à nouveau je m'élève dans les airs et je retombe… je me dis que je suis peut-être bien une maman, mais pas l'une de ces mamans-là, que je suis peut-être bien moi-même, mais pas l'un de ces moi-là, que cette attitude est peut-être bien la mienne, mais n'est pas l'une de ces attitudes-là…

Je me dis : « Peux-tu le croire, peux-tu croire qu'il n'y eut aucune erreur ? que le destin était supposé être ainsi ? »
Mon moi me répond : « Même lorsque tu changes son cours, ce changement est encore le destin. »

Nous nous élevons dans les airs et nous retombons, nous nous élevons dans les airs et nous retombons… je pense qu'elle me manque, sans explication Gandom me manque… je descends du lit, toujours en sautillant… mon dossier… mon dossier entre les rabats de cette chemise bleue… je remonte sur le lit, toujours en sautillant… d'abord je déchire la chemise… je demande à Samyar s'il a envie de déchirer du papier ?…

Il acquiesce tout heureux… nous mettons mon dossier en morceaux… en mille morceaux… en dix mille morceaux… nous nous élevons dans les airs et nous retombons, nous nous élevons dans les airs et nous retombons… nous mettons mon dossier en morceaux… en mille morceaux… en dix mille morceaux… nous nous élevons dans les airs et nous retombons… peu importe que quelqu'un soit en train de frapper à la porte… nous nous élevons dans les airs et nous retombons… non, celui-là ne va pas lâcher l'affaire… je descends du lit, toujours en sautillant, et gagne le salon… je me dis que si de temps à autre on n'écoutait pas les jérémiades des voisins, si de temps à autre les voisins ne venaient pas…

C'est madame Ne'mati, avec une part de gâteau au chocolat et me lançant le même regard dont je ne saurais dire s'il est inoffensif ou non. Je souris. C'est la première fois que je lui décoche un sourire à la Gandom. Alors, moi aussi, lorsque je souris… de fait, quand on s'élève dans les airs et qu'on retombe de la sorte sur la tête de ses voisins… « Excusez-moi de… »

Avant que je puisse finir ma phrase, elle me tend l'assiette et dit : « C'est pour Samyar. »

J'ai l'impression qu'il y a des moments où il vaudrait mieux se fâcher avec les gens plutôt que de les émouvoir. Pourquoi devrais-je lui proposer d'entrer ? Je n'ai encore rien dit. Je dis : « Entrez, je vous en prie. »

« Je ne vous importunerai pas », répond-elle.

Bonne nouvelle, pensé-je immédiatement. Alors que j'attends qu'elle entre, sans savoir pourquoi elle reste plantée là à tergiverser, je me rends soudainement compte… non, on dirait que sans que je m'en aperçoive elle a vraiment pris sa résolution… dois-je parler ? J'ai l'impression que madame Ne'mati attend aussi que je prenne la parole.

« Madame Ne'mati, accepteriez-vous de garder Samyar pendant une ou deux heures ? »

Son visage se déride. « Je le souhaite de tout cœur », répond-elle.

Samyar me regarde incrédule. De toute sa vie, il n'a jamais eu l'occasion de savoir ce qu'est une vraie grand-mère, pensé-je, ni l'occasion de comprendre ce que veut dire « ma mère », laquelle est peut-être vivante ou peut-être morte, ni de comprendre ce que veut dire « la mère de Keyvan » qui, elle, je le sais, est décédée. Je crois que, les choses étant ce qu'elles sont, Samyar doit savoir qu'il n'a pas de grand-mère, il doit savoir que jamais il ne devra appeler madame Ne'mati « grand-mère », que madame Ne'mati est seulement une vieille femme élégante, notre voisine, faisant de bons gâteaux et ayant tout l'air d'aimer Samyar autant que ses chats. Samyar continue de me regarder incrédule. Il me tire sur le côté, il veut s'assurer qu'il a le droit d'y aller.

« Si tu n'embêtes pas madame Ne'mati il n'y a pas de problème. »

Il veut savoir si j'irai le chercher.

Je le prends dans mes bras et lui dis : « Gros bêta ! Est-ce que j'ai jamais oublié d'aller te chercher ? »

Il s'avance et prend la main de madame Ne'mati.

Madame Ne'mati s'exclame : « Tu ne sais pas à quel point Pichi et Michi seront contents. »

Elle prononce ces mots d'une telle manière que l'on pourrait imaginer que Pichi et Michi vont sauter au plafond et frétiller de l'arrière-train.

Au moment où ils sont sur le point de descendre les escaliers, madame Ne'mati s'arrête, se retourne et dit : « Si vous mettiez une compresse froide sur votre œil, le bleu disparaîtrait plus rapidement. »

Je reste interdite. Je réponds : « Certainement. »

La porte à peine refermée, j'enfile à toute vitesse mon manteau, mon tchador et mes chaussures, puis je quitte la maison. Je m'apprête à descendre les escaliers. Je ne le fais pas. Je m'arrête devant la porte de l'ascenseur… je me dis que je dois bondir en une seconde à l'intérieur, appuyer en une seconde sur le bouton du rez-de-chaussée, en une seconde…

Je bondis en une seconde à l'intérieur et appuie en une seconde sur le bouton du rez-de-chaussée. C'est la première fois que je monte toute seule dans l'ascenseur. L'ascenseur descend, et pendant ce temps j'ai l'impression que tous mes organes remontent, mon cœur, mon estomac, mes intestins…

En mon for intérieur, je me promets que je vais changer, que je vais changer même si ce changement devait être une manifestation du destin.

8

Je me dis : « Peut-être ne devrais-je pas y aller. »

Mon moi me dit : « Je dois mettre ma conscience en veilleuse, je dois fermer la porte de ma conscience et jeter la clé, je dois l'envoyer paître, je ne dois pas avoir de doutes, je dois seulement mettre le pied sur l'accélérateur et y aller... »

Je dis à Gandom : « Je suis sûre que maintenant je conduis mieux que toi. »

Gandom s'enfonce dans son siège et croise les jambes. « Tu es encore une enfant », répond-elle.

Je me range sur le côté et arrête le moteur. Je retire la clé et la jette dans sa direction. Elle l'attrape au vol. Elle s'approche et s'assied de mon côté, derrière le volant. Juste avant de démarrer elle regarde les CD étalés devant le pare-brise. « Tu as autre chose que ces daubes ? »

Je dis : « Il n'y a que de la daube. »

Elle tourne la clé et la voiture décolle presque du sol.

Je me dis : « Ne te donne pas inconsciemment l'illusion d'avoir trouvé Gandom... »

Mon moi me dit : « Arrête de bavarder. »

La diablesse conduit toujours mieux que moi. Elle tourne la tête dans ma direction et me fait un clin d'œil.

« Ne va pas si vite. »

Elle répond : « Ok, je n'irai pas trop vite pour qu'on arrive en un seul morceau. Avec un enfant en bas âge tu ne veux pas que…»

Je regarde à l'arrière et tout à coup mon cœur fait un bond. Où est Samyar ?… Durant quelques instants je ne me souviens pas qu'il est chez madame Ne'mati. Puis cela me revient en mémoire et j'ai un soupir de soulagement.

« Je pensais que tu te foutais de l'enfant. »

« Plus maintenant », répond-elle.

« Alors peut-être qu'il vaut mieux que je ne vienne pas, pour être sûre de revenir. »

« Ton problème est que tu mélanges tout », dit-elle.

Cette peste me trouve toujours un problème.

Un immense panneau publicitaire sur lequel… merde à tous ces immenses panneaux publicitaires… j'allume la radio… l'animateur dit… merde à tout ce que disent les animateurs de la radio…

Je dis à Gandom : « On dirait que tu as mémorisé l'adresse. »

Elle répond : « Je suis tellement intelligente que ce que je lis plusieurs fois dans un journal je le mémorise. »

« Prétentieuse. »

« Vaut mieux être prétentieuse que peureuse », répond-elle.

Je me dis que non, ça n'a pas de fin, ces balivernes n'auront pas de fin, et je suis tellement heureuse qu'elles n'aient pas de fin, je suis tellement heureuse, une fois revenue au silence, au vide et à la solitude, de prendre conscience de la dimension de ces balivernes.

« Je ne suis pas peureuse. »

Elle dit : « Tu l'es, mais dès que je suis là tu cesses d'avoir peur de ce dont tu as peur. »

Je la regarde. Elle est encore belle. Je lui décoche un sourire narquois : « Mais tu n'es pas là. »

Elle répond : « Peut-être que je suis là quand même. »

Je me dis : « N'est-ce pas incroyable, n'est-ce pas incroyable à quel point Gandom est une menteuse ? »

Je me contente de hausser les épaules.

Je me dis qu'il faut que j'y aille, il faut que par tous les moyens je trouve Gandom, même si je suis l'objet de mépris, même si je suis l'objet de reproches, même si les yeux de Farid Rahdar me disent : « T'es conne, pourquoi es-tu venue ? tu as eu tort… » D'un seul coup je suis obnubilée par l'idée d'interroger Gandom à propos de sa grand-mère et de son père. Je ne l'interroge pas. Je ne veux pas avoir à entendre la nouvelle du décès de sa grand-mère. Je ne veux pas avoir à entendre la nouvelle de la vieillesse de son père. Je me dis : ne te donne pas inconsciemment l'illusion d'avoir trouvé Gandom…

Elle accélère… la voilà qui dépasse à droite… la voilà qui grille un feu rouge… mais elle fait attention, elle fait attention pour qu'on arrive en un seul morceau, elle fait attention pour que je puisse revenir et aller chercher Samyar, elle fait attention pour que Samyar ne devienne pas orphelin.

Je dis à Gandom : « Mais je ne regrette rien, je ne regrette pas la décision que j'ai prise il y a huit ans. »

« Tu regrettes, mais dès que je suis là tu ne regrettes plus ton regret », répond-elle.

Je veux crier et dire : mais tu n'es pas là !… Je me dis qu'en attendant elle conduit non seulement plus vite mais aussi mieux que moi… et si Farid Rahdar n'avait pas de nouvelles de Gandom, pensé-je… quand bien même il n'aurait aucune nouvelle de Gandom, je dois y aller. Par tous les moyens je dois retrouver cette fille, idiote à force d'être prétentieuse, par tous les moyens je dois poser encore une fois mes mains dans les siennes et sentir leur chaleur…

Je me dis : « Peut-être qu'en cet instant la chose la plus importante sur terre est la pauvreté, peut-être qu'en cet instant la chose la plus importante sur terre est la guerre, peut-être qu'en cet instant… »

Mon moi me dit : « Peut-être qu'en cet instant la chose la plus importante sur terre c'est moi. »

Je ne dois pas avoir de doutes, seulement mettre le pied sur l'accélérateur et y aller…

« J'ai peur, j'ai peur d'aller sans toi chez Farid Rahdar », dis-je à Gandom.

« Je sais », répond-elle.

Je fais une grimace et ai conscience que je la mime en train de parler… je ne dois pas avoir de doutes, seulement accélérer et y aller… et faire attention pour que nous arrivions en un seul morceau…

Et maintenant je ralentis… je ralentis et finalement je m'arrête… devant cet immeuble de briques qui, j'ignore pourquoi, m'apparaît soudainement comme un monstre rouge de cinq ou six étages ouvrant la bouche et me montrant ses dents pointues… mon cœur, ce foutu cœur…

Je me demande : « J'y vais ou j'y vais pas ? »

Mon moi me dit : « Il n'y pas de question plus stupide… »

Je réponds : « Je sais. »

Je fais demi-tour et me gare de l'autre côté de la rue… je dis à mon cœur de se taire. Je descends de la voiture, prends une longue bouffée d'air, traverse la rue en ligne droite et m'immobilise devant l'immeuble auquel je demande d'arrêter de me montrer ses dents pointues : ne sait-il donc pas que je n'ai pas peur de ce dont j'ai peur ?… Il me mord lorsque j'entre dans le hall et au même moment j'ai l'impression que mon cœur prend subitement feu. La main posée sur ma poitrine, je demande où sont les bureaux de la revue au gardien lisant le journal derrière sa table.

« Au cinquième étage. »

En toute vraisemblance l'animal me mord maintenant la nuque parce que j'ai l'impression d'étouffer. Il n'a qu'à me mordre à sa guise jusqu'à ce que je parvienne en haut s'il en a envie… je m'immobilise devant l'ascenseur. Non, je ne peux tolérer l'idée de monter seule dans ce cercueil individuel décati qui fonctionne probablement encore avec une corde… un miracle n'est pas prévu de si tôt… en outre, j'ai besoin d'un petit moment avant de me retrouver au cinquième étage… puis, je sais que monter et descendre les escaliers est un plaisir… cette fois-ci, la douleur est telle que j'ai l'impression que le salaud me mord à même les tempes…

Deuxième étage…

Je me dis : « Peux-tu le croire, peux-tu croire que dans quelques minutes tu verras peut-être Farid Rahdar ? »

Mon moi me répond : « Non, je n'y crois pas. »

Troisième étage…

Je me dis : « Peux-tu le croire, peux-tu croire que dans un instant tu seras peut-être Gandom ? »

Mon moi me répond : « Non, je n'y crois pas. »

Quatrième étage… je m'arrête… à bout de souffle… il est encore possible de revenir en arrière. Je songe que tout cela est peut-être une plaisanterie… bon, mais si c'est une plaisanterie alors il n'y a rien d'autre à faire que de l'entendre et d'en rire… je monte les escaliers à toutes jambes…

Cinquième étage… les bureaux de la revue… juste à côté de la porte je vois une dame qui semble noyée derrière sa grande table et son gros ordinateur… peut-être n'est-ce pas non plus une plaisanterie… en tous les cas l'écart qui sépare la plaisanterie du sérieux…

Je me dis : « Ne pousse pas, j'y vais. »

Je songe que Farid Rahdar ne sera peut-être pas là, peut-être est-il rentré chez lui, peut-être… « J'aimerais voir monsieur Farid Rahdar. »

Je m'attends à ce qu'elle réponde qu'il est absent.

« Avez-vous rendez-vous ? » demande-t-elle.

Mon cœur, saloperie de cœur… je fais non de la tête.

« Votre nom ? »

Je ne sais plus quand il faut mentir… vérité ou mensonge ? De toute façon, qu'est-ce que ça peut changer maintenant ?… Dans le combiné elle dit que madame… mon cœur, mon satané cœur… elle repose le téléphone : « Au fond du couloir, la porte à droite… »

Je demande à mon cœur de se taire et je m'avance…

Au bout du couloir…

Sur la droite…

Je m'arrête devant la porte…

Je reprends mon souffle…

Et frappe à la porte…

Des milliers d'années semblent s'être écoulées avant que je n'entende la voix de Farid Rahdar disant : « Entrez. »

Je fais jouer la poignée…

J'ouvre la porte…

Et j'entre…

Je me dis que ce qui est en train de tourner dans mon corps est probablement mon sang, le même sang qui pendant des années a circulé dans mes veines sans que j'y prenne garde. Farid Rahdar n'a pas changé, hormis les quelques mèches blanches qui parsèment sa longue chevelure touffue. Je veux dire « bonjour »… aucun mot ne sort de ma bouche, comme si aucun mot ne pouvait avoir le moindre sens sur cette terre. Farid Rahdar se lève à moitié et dit : « Vous vouliez… » et il me regarde…

Et il me regarde…

Du bout des lèvres, il prononce lentement : « Gandom ! »

Il s'élance vers moi, les yeux comme prêts à s'enfoncer dans d'autres yeux, les mains comme prêtes à embrasser le monde entier. Je suis soudainement taraudée par l'idée de le laisser planté là, avec ces yeux et ces mains… avant qu'il ne me rejoigne je lui dis : « Je ne suis pas Gandom. »

Voilà mes sales jambes qui tremblent comme des feuilles… il me regarde, d'un regard perdu, d'un regard vide, d'un regard muet… et d'un seul coup, comme s'il se souvenait de moi, se souvenait de ce moi-là qui toujours était dans l'ombre de Gandom… voilà que son regard se découvre et se remplit légèrement… se remplit de terreur… se remplit de doute… il baisse la tête… il relève la tête… se remplit de colère… il rejoint la bibliothèque qui borde le mur le plus proche de nous, la main sur les lèvres comme s'il passait en revue des pensées éteintes… il me regarde… plein de consternation… plein d'indignation… plein de fureur… plein de quoi ? Si tu n'es pas Gandom alors qu'est-ce que tu es venue faire ici ?… Je me dis qu'il n'a donc sûrement aucune nouvelle de Gandom…

Je dis : « Je cherche Gandom. »

Voilà ma maudite voix qui est secouée par la peur… il se dirige vers la fenêtre avec un rictus narquois. Il regarde au-dehors. Il a encore du charme, même beaucoup. Mes jambes meurent d'envie de s'asseoir. Je n'ose pas bouger… il me regarde… plein de reproche… et ce reproche me tue… je veux baisser la tête, je ne le fais pas, je supporte, je supporte ce reproche qui me tue, je le supporte pour avoir la certitude que je ne suis pas morte... et voilà maintenant mes yeux pourris qui se remplissent de larmes...

Je demande : « Sais-tu où elle est ? »

Il s'approche de moi... se tient devant moi... il me regarde... oh mon Dieu... plein de mélancolie... plein de mélancolie à la pensée de Gandom...

Il répond : « Oui je le sais. »

Je doute durant un instant : peut-être sait-il vraiment où est Gandom ? peut-être a-t-il eu de ses nouvelles d'une manière ou d'une autre ? Il ment. Si seulement il ne me regardait pas dans les yeux lorsqu'il mentait...

Je demande : « Où est-elle ? »

Il me regarde... mélancolique... plein de mélancolie à la pensée de cette satanée Gandom... et voilà maintenant cette larme de désespoir qui va tomber. Il me faut jouer à celle qui a une poussière dans l'œil. Je fais semblant, ma larme crève et roule le long de ma joue... il me regarde... oh mon Dieu... je n'y crois pas... le regard empli d'un peu de tendresse... peut-être est-ce l'âge, les gens se mettent à comprendre qu'il ne sert désormais à rien d'être trop durs, ils savent que la moitié de leur vie s'est écoulée et que l'autre passera tout aussi vite... il pointe vers la chaise devant la table et me dit : « Assieds-toi. »

Je suis à deux pas de la chaise lorsque le téléphone sonne et que le bruit me perce la tête. Je m'assieds avant que ma cervelle ne se répande sur le sol. Il prend le combiné et demande qu'on ne le dérange plus, ni avec des appels ni avec des visites... il me regarde... plein d'hésitation... il s'appuie de nouveau contre la fenêtre, le regard dirigé vers l'extérieur. « Tu vis toujours avec Keyvan ? » demande-t-il.

Qu'il se rappelle le nom de Keyvan me laisse bouche bée. Je me dis que si j'arrivais à supporter ce regard plein de reproche il n'y a rien que je ne pourrais supporter par la suite. Je réponds : « Toujours. »

Il prend une chaise de l'autre côté de la pièce et s'assied en face de moi… je n'arrive pas à croire que c'est moi, que je suis assise ici, en face de Farid Rahdar… il me regarde… se demandant pourquoi mon œil est bleu.

Je pointe mon œil du doigt et, à l'instar d'une enfant qui doit expliquer quelque chose à ses parents, je lui dis : « C'est ma faute… j'ai glissé et me suis cognée… »

Il me regarde… souriant un peu… et dit : « Je suis content que tu sois toujours aussi folle. »

Je me mords les lèvres. Ces larmes qui se remettent à couler ne me plaisent pas du tout.

Je demande : « Où est Gandom ? »

Il me regarde… fronçant les sourcils… et répond : « Et si elle ne voulait plus te voir ? »

Au moins c'est dit… je me lève et me dirige vers la porte… je savais, je savais que Gandom lui manquait tellement qu'il y arriverait avant moi… il me regarde… interrogateur. Tout ce que j'avais ne me venait-il pas de Gandom ?

Gandom, Gandom, Gandom…

« J'ai fait une erreur en venant te voir… » dis-je.

Une autre phrase à la Gandom…

Il me regarde… plein d'espoir que je reste… plein d'espoir que je ne parte pas…

Je dis : « Ne me regarde pas comme ça. Peut-être que tout ce qu'avait Gandom lui venait aussi de moi, venait du fait qu'elle se comparait sans cesse à moi, au fond peut-être que Gandom n'était Gandom que lorsque j'étais avec elle… »

Je fixe le sol. Ces larmes, larmes stupides…

Je dis : « C'est pour cette raison qu'elle ne songeait pas à rompre avec moi, qu'elle voulait que je sois toujours collée à elle… »

Je passe le revers de ma main sous mon nez. Le revers de ma main est humide.

Je continue : « Si j'avais été une autre version de moi-même, je l'aurais abandonnée bien plus tôt que je ne l'ai fait… »

Il avance la main en direction du bleu autour de mon œil. Il la retire juste avant que je ne recule mon visage. Je passe le revers de ma main contre mon manteau. Je ne sais pas, je ne sais pas du tout pourquoi je lui dis : « Tu sais, je suis une femme peureuse… »

Il me regarde… comme s'il disait à nouveau : je suis content que tu sois toujours aussi folle.

« J'ai peur de prendre l'avion… » dis-je.

Il me regarde… tout sourire.

« Celle-là est meilleure, j'ai peur de monter dans les ascenseurs. »

Il me regarde… le rire aux yeux.

« J'ai également peur de dormir dans le noir… »

Il se met à rire.

« Je pense également beaucoup aux tremblements de terre… c'est pour ça que je n'ai pas voulu que nous dormions dans les maisons vétustes. »

Je regarde le plafond lézardé de fissures. Il répond : « Si un tremblement de terre se produisait à l'instant même ce ne serait pas mal non plus… nous, ici, pour toujours… »

Et il s'arrête au milieu de sa phrase… comme s'il se rappelait que je suis moi et non pas Gandom…

« J'ai aussi un petit garçon, il a cinq ans. »

Il me regarde… plein de suffisance.

« Mais je ne sais pas si je suis une bonne mère ou non… »

Il me regarde… plein de tendresse… je baisse la tête. Mon Dieu faites que mon visage n'ait pas rougi autant que je l'imagine… j'ai l'impression qu'il s'amuse. Peu importe que ses heures soient comptées, me dis-je, ce qui compte est qu'il s'amuse malgré tout… soudainement j'ai envie de lui demander s'il s'est marié ou non… je me retiens, et de toute façon qu'est-ce que ça changerait qu'il soit marié ou pas marié… je relève la tête : « Comment puis-je revoir Gandom ? »

Il me regarde… plein d'imposture… et dit : « Il faut d'abord que je lui demande si elle veut te voir ou non. »

Il me regarde… d'une façon singulière… comme s'il me disait : elle ne veut plus maintenant, à cause de ce que tu as fait, parce que tu n'es plus la même qu'auparavant, pourquoi faudrait-il que Gandom ait de nouveau envie d'être collée à toi ?

Je me demande si je ne suis vraiment plus la même qu'auparavant… je lui dis : « Je suis toujours la même, en tous les cas je le suis bien assez pour que Gandom puisse avoir envie d'être de nouveau collée à moi. »

Il me regarde… plein de… je baisse la tête et ajoute : « Quand vas-tu lui demander ? »

« Dès qu'elle appellera ou que je la verrai. »

« Quand me donneras-tu des nouvelles ? »

Il sort son téléphone et répond : « Si j'avais ton numéro de téléphone… »

Je lui donne mon numéro.

« Si tu avais mon numéro… » dit-il.

Je réponds : « Donne-le-moi. »

Je tape les chiffres un à un sur mon téléphone… j'appuie sur le bouton *more*… le bouton *save*… le bouton *new contact*… Farid Rahdar… et à nouveau le bouton *save*…

Peut-être n'avais-je pas envie de partir, probablement que je n'avais pas envie de partir, je n'avais pas du tout… je me dirige vers la bibliothèque et passe la main sur l'une des étagères remplie de livres. « Cela fait longtemps que je n'ai pas acheté un livre, ni lu un livre », dis-je.

Il me regarde… plein d'espoir que je ne parte pas… « Si tu en veux un tu peux le prendre. »

Sans attendre je réponds : « Je veux *Adieu, Gary Cooper.* »

Il tire le livre de l'étagère et me le donne immédiatement. Il me regarde… plein d'espoir que je ne parte pas… je souris… alors moi aussi, quand je souris… « Il faut que j'y aille », dis-je.

Et c'est vrai que maintenant je dois partir, il faut que je parte très vite, sans lui montrer que je sais qu'il me ment, sans le regarder dans les yeux, sans même jeter un regard par-dessus mon épaule, sans…

En posant le pied dans la rue je ressens cette chose que peut-être on appelle euphorie, de même que celles que peut-être on appelle ivresse et délivrance, elles tournoient depuis la pointe de mes pieds et montent, montent jusqu'à pénétrer mon cerveau et encercler ma tête comme une auréole…

Je traverse la rue, m'arrête à côté de la voiture et reste plantée sous les grosses gouttes de pluie qui se sont soudainement mises à tomber… comme si en pénétrant dans le sol elles pénétraient aussi en moi. Je me dis que je ne dois pas regarder… je lève la tête… derrière la fenêtre Farid Rahdar me regarde comme une ombre. Mon téléphone vibre dans ma poche…

Je le sors…

Farid Rahdar…

Sous les grosses gouttes de pluie, tout en ayant les yeux fixés sur la fenêtre du cinquième étage, je m'assieds sur le capot de la voiture et décroche le téléphone.

Il dit : « Je voulais dire… »

Il s'arrête au milieu de sa phrase…

« Depuis que tu es partie je n'ai jamais eu de nouvelles de Gandom… »

J'écoute…

Je réponds : « Je sais… »

Je souris le téléphone à la main… peut-être que de là où il est il voit mon sourire, ou peut-être qu'il ne le voit pas… je raccroche, regarde mon téléphone quelques instants et le range dans la poche trempée de mon manteau… je descends du capot… monte dans la voiture… et avant de démarrer je regarde une dernière fois la fenêtre du cinquième étage… Farid Rahdar toujours, pareil à une ombre…

Je démarre et m'en vais…

Il faut que j'aille rapidement chercher Samyar, avant qu'il ne s'inquiète. Si tout s'est bien passé peut-être que de temps à autre… je me dis que ce ne serait pas une mauvaise idée d'acheter quelques pizzas sur la route pour Michi, Pichi et Samyar. Après tout il faut que coûte que coûte je mette de l'ordre dans mes relations avec les deux chats… mettre de l'ordre… comme si je sentais qu'il me fallait mettre de l'ordre dans toute une série d'autres choses… il faut que j'appelle madame Botul pour qu'elle vienne demain faire le ménage. D'abord elle fera des simagrées, comme quoi elle a déjà trop de travail, mais dès que je lui dirai que je la payerai le double et qu'elle pourra venir et partir en taxi à mes frais… je regarde le livre *Adieu, Gary Cooper*, quelque chose se met à remuer dans mon estomac à l'idée de le lire… à l'idée d'un peu d'obscurité, d'un peu de danse… il n'est pas encore prévu qu'on nous châtre pour qu'on se contente de manger et de dormir, c'est déjà ça de gagné… dites-moi que la grosse Prado arrivera demain… et l'assureur… et marcher et sauter et bondir… modération… dormir dans une chambre plongée dans le noir et avoir peur est toujours possible, de toute façon le corps humain a besoin de lumière pendant la journée et d'obscurité pendant la nuit… je jette un œil aux CD devant moi, que de la daube. Je les prends un par un et les jette par la fenêtre, lorsque j'arrive au CD du garçon de tantôt… je l'avais oublié celui-là… je l'insère dans le lecteur…

Le chanteur dit : « La conscience de l'idiot compte les étoiles, celle du rebelle les cueille… »

Je regarde le ciel et, de nouveau, tout soudain… un instant d'éternité…

L'amour revient toujours…

Comme si une main s'enfonçait dans ma cage thoracique et me chatouillait le cœur… ce ciel… je me dis qu'il est peut-être possible d'accomplir dans le simulacre de l'avenir des choses que nous ne pouvons accomplir dans la vie réelle et y prendre un plaisir tel qu'il nous soit possible de l'éprouver simultanément dans la réalité… j'ai trente-cinq ans, demain j'emmènerai Samyar à la maternelle, avant de passer le portail donnant sur la rue je vois une femme d'environ trente-cinq ans, immobile, qui me dévisage en souriant. Cette fois-ci, après toutes ces années, je la reconnais, avec ces yeux noirs resplendissants, avec cette peau lisse et hâlée, avec cette ample chevelure s'échappant des quatre coins de son voile, avec ce sourire qui creuse une fossette dans chacune de ses deux joues… je m'avance et prends ses mains dans les miennes.

« Tes mains sont si chaudes », dit-elle.

J'ai envie de répondre que ce ne sont pas mes mains qui sont chaudes… je ne dis rien… je garde seulement ses mains étroitement serrées dans les miennes et je souris… après toutes ces années, je sens que moi aussi, lorsque je souris, une fossette se creuse dans chacune de mes joues.

Achevé d'imprimer en août 2024 par Corlet Imprimeur - 14110 Condé-en-Normandie
Dépôt légal : août 2024 - N° d'imprimeur : 24070345 - Imprimé en France